UG novels

お子さま賢者の異世界旅行
with もふもふバニー

澄守彩
Sumimori Sai

［イラスト］
黒兎
kurot

三交社

お子さま賢者の異世界旅行
with もふもふバニー
[目次]

Contents

第一章　異世界に転生しました。まずは山頂を目指します。

とある社畜がいた。

業務効率化と働き方改革が推し進められる昨今、しかし『効率化した』との前提で仕事は増えに増え、上司は『残業はしちゃいけないことになってるから』と言うも山積みの仕事は処理しきれるはずもなく、『じゃあ特別に会社のパソコンは使わせてあげるよ』と暗にサビ残を強制される。

会社に泊まるのはすでに三日目。わずかな仮眠で誤魔化すのも限界に近く、外が白むのにも気づかず朦朧としていた。

ああ、ゆっくり温泉にでも浸かりたい。

壮大な景色に感動したい。

見知らぬ土地で人情に癒されたい。

ともかく仕事から逃れたい一心からか、眠気ＭＡＸなのにそんな夢みたいな幻想が頭の中をぐるぐる巡っていた。

それはまさしく夢であり、今の自分は暗い画面に映る疲れきった社畜である。

理想と現実のギャップに耐えきれなくなった瞬間。

ぷつり、と何かが切れた——。


——ここではないどこか。

岩だらけの緩やかな山道を、男の子が一人、歩いていた。

年のころは十二ほど。

あどけなさが色濃い彼はゆったりした旅装束で、片手に古びた大きなトランクを持っている。

マントのフードは首の後ろに押しやって、肩口までの黒髪が一歩進むごとにかすかに揺れた。

人族《ヒューム》に近い姿ながら、エルフほどではないにせよ三角にとがった耳が特徴的だ。

少女と見紛うほど愛らしい顔つきは真剣そのもの。どこを目指しているのか、ふっ、ふっ、と息と歩調を一定に保ち、ずんずんと山道を登っている。


——唐突に、歩みが止まった。


片足を前に出したところでぴたりと、まるで金縛りにあったかのように固まる。

「！！！？！？！？！？？？？？」

同時に大混乱に陥った。いや、正確には順序が逆で驚きのあまり平静を失ったから足が止まったわけだが、とにかく彼は絶賛大混乱中だ。

（な、なんだこれは⁉　見たこともないはずの映像が、記憶が流れ込んでくる！）

ニホン？　シャチク？　知らぬはずの単語が頭に浮かび、しかし徐々にその意味を理解した。

そして、この不可解な現象にも理解が至る。


（前世の記憶だコレ！）


つまり自分は疲れきって過労死したであろう、とある社畜が転生した者であり、今まさに前世の記憶を思い出したのだ。

（あれ？　でも待って）

彼はいっそう混乱した。

（私は誰だ？　そしてここはどこだ！）

前世の忌まわしき大量の記憶が流れこんできて、今の記憶をすっかり忘れてしまっていた。

とはいえ、だ。

「私は私。そう、この体……」

空いた手でぺたぺたと頬を触る。

やや埃っぽいが、もちもちした少年の肌は馴染みがある、ように思う。

胸を触る。

うん、男の子だし、当然のようにするんぺたんだ。

股に手を伸ばした。

(ある、な……)

前世の記憶によるものか違和感がなくはないが、やはりこれは正真正銘、自分の体であるとの自覚があった。

(しかし、前世の私はなんてひどい環境に置かれていたのか)

今の自分がどうかよくわからないが、現状ではたった一人で……ん？　と彼は視線を下に。

「キュー？」


足元に、未知の生物がいた。


真っ白でまん丸な、ふわもこな物体。

ウサギみたいな耳があり、対して腕らしきは見当たらず、二足は餅をつぶしたようなのがでてんと二つ。頭と体が一体化している（？）不思議な生き物だ。

つぶらな赤い瞳がこちらを見ている。

「えぇっと……君は？」

「キュ?」

獣に尋ねて言葉が返ってくるでもなし。当たり前だと嘆息しつつも、なぜだか話しかけたい気分だった。

「すまない。思い出せないんだ。でもなんとなく一緒にいたような気がする。君は、うーん……」

「キュキュ、キュー ーッ!」

ぴょんぴょんと飛び跳ねるふわもこな丸い生き物。その鳴き声(?)を聞き、唐突に閃いた。

「キューちゃん!」

「キュゥキュキュ!」

言葉はさっぱりわからないが、なんとなく『正解!』と言っている気がする。

気のせいでないことを祈りつつ、さらなる情報収集に努めようと、片手に持ったトランクへ目をやった。

かなり使いこまれたトランクだ。

革のベルトが持ち手の両側についていて、それで開かないよう固定するらしい。

と、持ち手に小さなタグが括りつけてあった。

「……『ユウキ』?」

なんとも日本的な響きだ。苗字とも名前とも取れる。今の自身を示す名だとの確信めいた何かを感じた。

「私は、ユウキという名前なのか？」

「キュキュ」

そうだ、と彼（彼女？）も言っている、ような気がする。

（しかし、名前を知ってもさっぱり今の記憶が思い出せないな……）

きっと前世の記憶が流れてきた直後だからだな。そのうち思い出すかも、と楽観して次なる疑問に向き合おう。

さて、ここはいったいどこなのか？

視界に植物はなく、土が剥き出しの緩やかな坂道の先は霞に閉ざされている。

山の中腹、という感じがしなくもない。

吐く息が白いのは季節柄そうなのか、もしくはかなりの標高なのか。

ドキドキしながらユウキは振り向いた。


——絶句する。


見渡す限りの深緑の海。

陽光に照らされてなお暗い木々の葉が、波のように揺らめいていた。その上にはところどころ綿のような雲が流れ、よくよく目を凝らせば、別の何かも飛んでいた。

トカゲにコウモリの翼が生えたような生き物が、目視で数十匹もいる。黒ずんで、首と尻尾が長く、風にたゆたうように行ったり来たりしていた。

(あれは……飛竜というやつか……?)

ここに至り、ユウキは確信する。

それは、前世の記憶が告げるもの。

(ああ、ここは――)

――異世界だ。


わくわくが、止まらなかった――。

＊　　＊　　＊

まさかの異世界転生にわくわくがMAXなユウキではあるが、喜んでばかりもいられない。

なにせ神様的な誰かが現れてチート能力を授けてくれたとかいうイベントがあったか定かではないのだ。

富士山よりも高そうな山を一人で――いや、ふわもこの愛らしいお供だけを連れて登っている現状はあまりよろしくない、気がする。

異世界は危険がいっぱい、だと思う。だって眼下には飛竜みたいなのが飛んでいるのだもの。

（まずは現状確認だな）

果たして自分は何者なのか？　今のところ名前以外がまったく知れない。

推測する、あるいは記憶を呼び覚ます手掛かりはないかと、ユウキはトランクを下ろして開けてみた。

「少ないな……」

小さなスキレットと、木製のお椀と皿とスプーン、それに細い木の棒――これは箸か？　見た目はそうだがいったん保留。

胡坐をかいて座り、衣類の裏をまさぐった。

いくつもの紙が束になり、紐で縛られていたので持ち上げる。

「手紙……だな」

全部で二十ほどの封書らしきものだ。

ひとつひとつに宛名があり被っているのは少ない。送り主もバラバラで、いずれにも『ユウキ』の名は記されていなかった。

しかしそのすべてに同じ文字――宛先を示すものがある。

『火口の町ムスベル』

不穏しかない。

「いやいやいや、火口に町を作ったのか？　この山の？」

状況をフラットに分析すれば、この山は火山で、山頂（かどうかは不明だが）付近に町があり、そこへ自分は手紙を届けようとしている、のではなかろうか。

「それ以外考えられないが……」

情報があまりに少なすぎる。

手掛かりと言えば手紙そのものであるが、さすがに中を読むわけにはいかない。

個人的には非常事態であるものの、前世の順法精神が邪魔してきた。

なんにせよ、山を登れば人の住む場所があるかもしれない。

今さら山を下って引き返したところで、見渡す限りの深い森だ。そもそもどこから来たのかもわからない中、下山するのは愚の骨頂。

「いったいどうやって私はあそこを抜けたんだ……？」

けっこうな高さから見下ろしているのに、見渡す限りの森、森、森だ。

森の中では方向感覚がおかしくなると聞く。前世で樹海をさまよった経験はないが、きっと迷いに迷って力尽き野垂れ死んでしまうだろう。

逆にここを目指していたのであればまっすぐに着けそうだ。周辺には他に山がないので。

それでも子どもの体力で森を抜けて山道を進んでいるのが不可解だった。

水は？　食料は？　さらなる謎が生まれるも、ユウキはひとまず考えないことにした。

「あとトランクに入っているのは……」

衣類だけのようだ。肌着と靴下。ぶかぶかのＴシャツみたいなのは寝間着だろうか？

ところで――。

ユウキは肌着の中にあり得ないモノを見つけ、愕然とした。

震える手で引っ張り上げ、ごくりと喉を鳴らす。大きなお椀のかたちをしたのが二つ、並んでいる。肩ひもも完備したそれは間違いなく、

「ブラジャーなんで!?」


自分は男である。それはさっき確認した。

だというのになぜ、しかもこんな大きなサイズのブラジャーがトランクの中に？　それも二個。

「女装？　今の私に、そんな高尚な趣味が……？」

いや違う。

このサイズを身に着けるとすれば、つるんぺたんな男児体型ではどうしても形が崩れてしまう。詰め物らしきは見当たらないのだから、否定してしかるべきだ。

冷静に分析する自分がちょっと嫌になる。

だが肌着をまさぐっていると、今穿いているパンツとはまったく趣の異なる、小さなショーツも二枚出現してしまった。明らかに女物である。

「キュゥ？」

キューちゃんが心配そうに見ていた。

ユウキは丁寧に肌着を畳み、トランクの中身をすべて戻す。革のベルトでしっかり固定。

結論を出すのは他の有意なエビデンスを集めてからでも遅くはない。

次に確認したのは、腰のポーチだ。

中には革製の水筒と干し肉が無造作に入れられている。

水筒を取り出した。重さを確認。左右に振るとちゃぷちゃぷ鳴る。容量は５００mlのペットボトルよりやや少ない程度。その半分ほどの液体が入っている模様。

飲んでみた。

水だ。けっこう美味しい。ぐびぐび飲んだ。そして後悔する。

辺りに水源はまったくなさそう。貴重な水を、大して喉が渇いてないのに飲み干してしまった。

「町までもつかな…………ん？」

水筒に違和感を覚え、再び重さを確認。左右に振るとちゃぷちゃぷ鳴った。

「さっきと、同じ程度あるぞ？」

気のせいかと疑いつつもう一度ぐびぐび飲み干す。

またもや無くなったはずの水がちゃぷちゃぷ鳴った。

これってまさか。

「魔法の水筒！」

飲んでも飲んでも補充されて減らないヤツ！

「そうだな。ここは前世からすれば異世界だ。魔法的な何かがあっても不思議はない」

と、いうことは、だ。

ユウキは腰のポーチから干し肉を取り出した。

もぐもぐ食べる。硬いが意外にジューシーで、肉のうま味がぎゅっと凝縮されて美味だった。

干し肉を平らげたところで、嬉々として腰のポーチに手を突っこむ。

「さあ、干し肉よおいでませ！」

次の瞬間には、ユウキは四つん這いになって打ちひしがれていた。

「魔法のポーチじゃ、なかった……」

「キュゥ……」

キューちゃんがユウキの頭を、片方の耳でそっとナデナデしてくれた。貴重な食料を失ったが気を取り直す。

町まで行けば、きっとなんとかなる！

「水はよし。食料はまあいいとして、問題は、だ」

ユウキは起き上がって再び山の斜面から見下ろした。

羽の生えたトカゲみたいなのがそこらを飛んでいる。けっこうな距離があるとはいえ、

「あんなのに襲われたら、子どもの私ではひとたまりもない」

身を守る術を探さなくてはならなかった。

今までどうして無事だったのかは謎だが、何かしら方法があったに違いない。

ゆえにその謎を解き明かすのが急務だとユウキは考えた。

もっとも可能性が高いのは――。

足元の丸い物体と目が合う。

「君が、今まで私を守ってくれていたんだね」

キューちゃんは頭（というか一体化しているので体全体）を左右に振る。

「違うのか？」

「キュゥ……」

残念ながらね、と訴えているようだ。

ぴょんぴょんと頑張って飛び跳ねるも、十センチほども跳べてない。

今度は長い耳を器用に動かし、ぺちぺちとユウキの腿を打ちつけた。これまたまったくもって痛くない。

キューちゃん渾身のアピールにより、この生き物が他の魔物を打倒するのは不可能だとユウキは

悟った。

であれば、ユウキが自身と彼（彼女？）を守ってきたことになる。

腰にはポーチとは別に、ナイフが差してあった。抜いてみる。前世記憶によると一般的なご家庭にある包丁ほどの刀身で、鈍色に妖しく陽光を弾いていた。

「ふふふ、見た目はただのナイフだが、きっと風の刃が飛び出したり、雷を落としたりするに違いない。そら、禍々しいほどの魔力を感じ………ないな」

見た感じは本当に、なんの変哲もないナイフだ。しかもけっこう刃こぼれしている。

シュバッと振ってみた。何も起こらない。虚しく空を斬っただけだ。

結論――ただの使いこまれたナイフでした。

「となると、私自身が魔法を使える、と考えるべきだな」

腰にナイフを戻し、片手を前に突き出して高らかに叫んだ。

「ファイヤーボール！」

しぃん、と。まったく何も起こらない。

「キュ？」

「うん、詠唱とか、そういうのが必要なのだろう」

まったく根拠はないのだが、魔法が使えるとの確かな感覚がある。使っていた、との経験がおぼろげながら記憶の隅にあるような気がしてならなかった。

希望的観測でないとすれば、ここでまた難題が鎌首をもたげる。

「肝心の発動方法を、忘れてしまった……」

魔法を使うのに何かしら条件があるとして、今の自分はまったくもって思い出せない。

困り果てたユウキが腕を組んで頭を悩ませていると。

「キュキュ!? キューッ!」

キューちゃんがぴょんぴょん激しく飛び跳ねた。片耳をぴこぴこ動かし、『あっちあっち』と言わんばかりに空を耳指す。

陽光に目を細めながら上を向けば、なにやら鳥のようなものが弧を描いて飛んでいた。

鷹やトンビに似た鳥だ。

体毛が黒ずんでいるのでカラスにも見えなくはないが、くちばしがカーブを描いて先端は鋭い。二本の足には鋭利な爪。他には尾の部分が長く、しゅっとしたフォルムは美しくもあった。

「これは……困ったな」

子どもの自分では鷹やトンビに襲われてもケガをしそうだ。

さすがに命の危険はなかろうが、ナイフでどれだけ抵抗できるやら。

鷹だかトンビだかは、翼を折り畳んで急降下してきて、ユウキたちから見て斜面の上方向、地面に激突する間際で羽ばたき急停止。

ぶわーっと土やら小石やらが吹き飛ばされた。


「でかっ！」


頭上を旋回していたときは小さく見えたが、近くに来たらその大きさが知れた。

全長で軽く十メートルはある。

あんなのに襲われたら、生身の自分など容易に引き裂かれる。というか丸呑みされるのでは？

巨大な怪鳥はばさりばさりと翼を羽ばたかせながら、ぎょろりと目玉をユウキに向けた。

「キュキュキュ！」

「キューちゃん？」

突然、キューちゃんが駆け出した。すたこらとユウキから離れていく。

「に、逃げた……？」

それも無理からぬこと。

おそらく一緒に行動してきた仲間であろうと、やはり自分の命は大切だろう。あのサイズなら岩の間にすっぽり隠れることもできるのだから。

無力な自分に同行している無力な生き物を、非難できようはずがない。

「キュキュゥ………キュワ！」

ところがキューちゃんは今までとは違う鳴き声を上げたかと思うと、

「でっかくなった⁉」

ポンッと気の抜けた音が聞こえたように錯覚するほど、一瞬にしてその体躯を膨らませた。ユウキよりもちょっと大きめ。

続けて大きな岩によじ登り、ぴょんぴょん跳ねて巨怪鳥を挑発し始めた。

「まさか、私を助けるために……」

自ら囮となるつもりなのか。

（すまない。君のことを誤解していた浅ましい私を許してほしい。しかし――）

キューちゃんが食べられたら、次は自分だ。膨らんだサイズでも巨怪鳥が満腹するまでは届きそうにないので。

「ケーンッ！」

巨怪鳥はキューちゃんの挑発に腹を立てたのか、大きな翼を羽ばたかせてのち、斜面すれすれを滑空した。

まっすぐにキューちゃんへ向かっている。

キューちゃんは不思議なサイズ変化ができるものの、その力はやはり見たところ弱い。

だが助けたくとも自分は魔法が使えない。魔法攻撃ができるような武器もない。

(あれ？　でもそういえば……)

ひとつ、確認していないことがあったのにユウキは気づく。

検証する時間はない。もたもたしていれば鋭いくちばしか爪でキューちゃんが引き裂かれてしまうのだ。実行に移すことで知る以外にはなかった。

ユウキは、大地を蹴った。

キューちゃんまではおよそ二十メートル。

その距離を三歩で到達したユウキは、

「どりゃあ！」

バッチーンッ！

巨怪鳥の横っ面を蹴り飛ばした――。

＊　＊　＊

横っ面を蹴られた巨怪鳥は吹っ飛ばされ、ずざざーっと地面を擦ってのち、ゴロゴロ転がる。

ユウキはすたっと着地して、その様を呆然と眺めていた。

(なんだ、このパワーは……？)

子どもだとか大人だとかを超越した、マンガやアニメに出てくるようなヒーローばりの身体能力が自分にはある、のか？

バギンッ！

ユウキは足元にあった小石を拾い上げて握った。ぎゅぎゅぅっと力をこめると、
小石が砕けてしまったではないか。

「すご……」

他人事のようにつぶやくも、なんとなく実感が湧き上がってきた。

実のところ、巨怪鳥を蹴りつける際に妙な感覚があったのだ。

(なんとなくだが、『思いきり蹴り飛ばしてはダメだ』との警告が脳裏をよぎった気がした……)

そのためユウキは緊急事態にもかかわらず、わりと冷静に手加減した。心持ち、巨怪鳥の進行方向をちょっとずらすくらいに。

結果的には吹っ飛ばしてしまったのだが、思い切りやっていたら頭を砕いていたように思う。

当の巨怪鳥はよろよろと立ち上がった。

頭はぐらんぐらん揺れているようだが、獲物を射殺さんとする鋭い眼差しはそのままだ。

（まだ戦《や》る気のようだな……）

戦いとなれば殺すか殺されるかの死闘になるだろう。

（キッチンを我が物顔で走るGは躊躇いなく叩きつぶす私だが、アパートの共用廊下で哀愁を背に急ぐGをわざわざ追いかけたりはしない）

相手が（サイズはともかく）脊椎動物であるなら殺傷沙汰のハードルはぐんと上がる。

「蹴り飛ばしたことは謝ろう。しかし私も仲間を助けたいがために仕方なくであったのは理解してもらいたい」

魔物が人語を解するとは思えない。

だからこれは『交渉したが向こうが襲ってきたので仕方がない』と自身へ言い訳するためだ。

『その物言い。もしやそなた、手加減したのか？』

「頭の中に直接⁉」

声が響いた。

『何を不思議がる？　会話できると知って話しかけたのではないのか？』

「いやまあその……久しぶりだったのですこし驚いただけだ」

交渉事で下に見られたら負け。今は対等であると示さなければならない。だからハッタリはかますし敬語も使わない。

『それで？　そなたはなにゆえ我の縄張りに侵入したのか』

「君の縄張りだとは知らなかった。私は山頂付近にあるらしい町へ行きたいだけだ。荒らすつもりはない」

毅然と応じているが、ユウキは内心ドキドキしていた。

人を超越したパワーを持つとわかりはしたが、殺し合いをできるほどの度胸がない。なんとか戦闘を回避したいところだ。

『ふむ……火口の町へか。彼奴らと我は相容れぬ。それも知らぬ様子ではあるが、だからといって簡単に通すわけにはいかぬな』

なんと。この巨怪鳥は向かう先と敵対関係にあるらしい。

「いやその……私は手紙を届けるだけで、彼らと仲良しというわけではない、と思う」

『どうにもはっきりせぬ奴だな。やはりそなた、我を討伐せしめんと彼奴らに雇われたのではないのか？』

「違う！」

たぶん。忘れているだけかもしれないが、今はそんな依頼をされても断る自信があった。すでに対価を受け取っていたら返してもいい。

「私は無用な殺生を好まない。しかし君があくまで私たちを襲うというのなら仕方がない。私も私と仲間の身を守るため、戦わざるを得ないな」

一度は言ってみたかったセリフをまさか本当に使う機会があろうとは。

『仲間……。もしや、そこの珍妙な生き物か？』

巨怪鳥はぎょろりと目玉を動かしキューちゃんを睨む。キューちゃんはいつの間にか元のサイズに戻っていた。

（どうやら、この魔物もキューちゃんがどんな種類か知らないらしいな）

と、キューちゃんがたったかと巨怪鳥の前に進み出た。

「キュキュ、キューキュキュキュキュゥ」

『ほう？　よくよく見れば神獣のなれの果てか。面白いものを連れている』

待って。神獣なに？

『そしてそなたは……そうか、我が言葉を解するゆえ只人《ただびと》ではないと感じていたが、御使いの者であったか』

ホントに待って。誰の使いとおっしゃいます？

「キューちゃんの言葉がわかるのか？」

『いや、さっぱりわからぬ』

どういうことだってばよ？

『こやつもそなたも、その正体は雰囲気でわかるものよ。神獣ならば我など足元にも及ばぬ強大な力を持っていたろうな。それが何らかの理由で失われ、このような小動物じみた姿になったのだろう。体の大きさを変化させたのは、かつて持っていた力のほんの一端にすぎぬ』

どのような神獣だったか、詳しいことは巨怪鳥にもわからないそうだ。

『神獣を連れた只人ならぬ者なら、我が縄張りを荒らさぬとの言葉を信じよう』

巨怪鳥は翼をばさり。ふわりと宙に浮くと、

『しかし彼奴らとともに我が前に現れたならそのときは、我も真なる力で応じると知れ』

そんな忠告を残し、ばさばさーっと遥か彼方へ飛んでいった。

「いろいろこの世界のことを聞きたかったのだが……」

そのためには記憶を失くし、代わりに前世の記憶が流れ込んできたことも含め諸々明かす気でもあったが後の祭りだ。

ともあれ、危機は去った。

人を超越した身体能力があることも判明し、他の魔物に目を付けられたら走って逃げるのも可能だと安堵する。

「ところで……」

ユウキはたったかやってきた白いふわもこの生物を見やる。

「君は、神獣だったのか」

神獣が何かはよくわかっていないが、『神』を冠する獣ならものすごい生物に違いない。

キューちゃんは小首（というか体全体）を横に傾けた。

「わかってない!?」

「キュ？」

どうやらキューちゃんも自らの素性を知らない様子。

「でも大きくなれる自覚はあったのだろう？　他に何かできることは？」

そこから神獣のなんたるかを知るヒントを探るのだ。

キューちゃんはつぶらな眼を閉じて考える。この状態だと耳はさておき綿毛のようだ。

「キュッ！　キュゥ………キュワワ！」

カッと赤い目を見開き、愛らしく鳴いた直後。

ポンッ。（実際に音が出たわけではない）

一瞬にしてその姿が変わった。今度は大きさだけでなく、これはまるで──。

「エロいねーちゃん!?」

人だ。白いウサ耳はそのままに、白く長い髪と透き通るような白い肌の、若く美しいほぼ真っ白な女性だった。

ボンキュッボンなわがままボディを包むのは、ふわもこな白いバニーガール衣装。お尻には丸い尻尾がある。足部分は元の姿と同じくつぶれた餅みたいではあるが、くるぶしより上は艶めかしくもすらりとしたおみ足だった。

「人型にも、変身できるのか……」

「キュキュ、キュゥ！」

あ、言葉はしゃべれないのね。

唐突に現れた、えっちな衣装でえっちな体つきの全身真っ白なお姉さん。唯一、純真無垢なる瞳が赤く妖艶な光を帯びていた。

肉体的には思春期に入りたてのユウキは前かがみになる。ドギマギする彼の心中を知ってか知らずか、

「キュゥ！」

「いきなりどうした!?」

キューちゃんは唐突に抱き着いてきた。

むにゅりと！　胸が！

(待って息ができない!?)

力はこちらが圧倒的に上なのに、心に巣くう思春期男子の劣情が邪魔をした。柔らかい……。

でもさすがに窒息しそうなのでどうにかこうにか引き剥がす。

「と、ともかく、人に変化できるなら、動物を連れて入れないところにも行ける……かな？」

他の有用性にまったく見当がつかない。

いやホント、いかがわしい想像は浮かぶたびに首を振って外へ追いやったので。

「キュウ?」

そんな純粋な瞳で見ないで。いくらなんでも大切な仲間に対して邪な妄想を抱きたくない。

「しかし、そうか。トランクに入っていた女物の下着は……」

女体化したキューちゃんのものである可能性が浮上した。

「とはいえ、サイズがどうとかを確認するのは後回しだな。他に何か君の能力……いや、今はいいか。すまなかったね。元に戻ってくれないか」

えっちなバニーより破壊力があるものを想像できないが、想像を超えた能力が明らかになると思春期ハートにダメージを負いかねない。

「キュキュ」

キューちゃんは一瞬にして元のふわもこな小動物に戻った。

(ああ、安心する……)

名残惜しさがないとは言えないが、もふもふな感じは見ているだけで癒された。

ともあれ。

「先を急ごうか。火口付近へ行けば町があって人が住んでいるのは確定しているようだし」

山頂は霞がかかってどれだけの距離があるかはわからない。のんびりしては陽が暮れてしまう。

装備がほとんどない中で野宿するのは嫌だった。

ユウキは放っておいたトランクに駆け寄って持ち上げた。

キューちゃんがペタペタと付いてきて、さあ出発だと気合を入れたところで。

「キュキュキュ！」

またも彼女（でいいはず）が危機をお知らせしてきた（と思われる）。

「さっきの鳥か？」

上を向いても何もいない。雲ひとつない青空だ。しかし、その直後。


ゴゴゴゴゴ……。


大地が揺れた。

「えっ、もしかして噴火？」

火山で地震とくれば疑ってしまうもの。大地の鳴動はさらに増し、揺れも併せて強くなる。

「えっ、待って。地面が、せり上がっている⁉」

視界がぐらんぐらん揺れながら、もりっと高くなっていた。

ユウキたちを中心に、岩やら土やらがずり落ちていく。

「キューちゃん！」

転がりそうになったふわもこを片手でつかむ。抱き上げ、揺れる地面にバランスを崩しそうになるのを両足で耐えた。

鳴動する音はやがて静まった。

ユウキたちの周囲はまるで亀の甲羅のような、前後で二十メートルはある楕円をドーム状にした感じになっていた。

ぬっと、前方に大きな塊が現れる。長い首のようなものが持ち上がり、のそーっとその先端部分がユウキたちに向いた。


（亀だこれ……）


しわくちゃの顔に眠そうな目。じっとユウキたちを見つめている。

ユウキたちが立っている場所は、『亀の甲羅のような』どころかそのものだったらしい。

「私たちは怪しい者ではない。君は、何者なのかな？」

これだけ巨大な亀だ。先ほどの巨怪鳥のように意思疎通を期待した。弱者と思われないよう、それでいてフレンドリーに笑みを浮かべる。

「ウォワアアアァァ……」

しかし盛大にあくびをしたのみで、巨大亀は直接頭に何も響かせない。

言葉が通じているかいまいち不明だが、ユウキはめげずに語りかける。

「私たちは火口の町ムスベルを目指している。場所を知っていたら教えてほしい」

巨大亀はゆぅーっくり一度瞬きしたのち、顔をこれまたゆぅーっくり斜め前方へ向けた。

山頂からはズレた位置に町があるのだろうか、と考えた直後。

巨大亀は静かに頭を下ろし、あーんと大口を開けて、
バギンッ！　バリボリ、バギン。

（岩を、食べている……）

さすがは異世界。大きさだけでなく食性まで不思議生物である。

（しかし意思疎通は叶わなかったか）

肉食ではないらしいので襲われる心配がないだけマシか。

飛び降りて先を急ごうとの結論に達したところ。

ぐらりと、足元が揺れた。

巨大亀がのそりと動いたのだ。

下手に飛び降りて踏みつぶされてはたまらない。自分は大丈夫かもしれないが、キューちゃんはたぶんぺちゃんこになる。

降りるタイミングを見計らっていると、亀がまっすぐ山頂へ向かっているのに気づいた。

「もしかして、私たちを運んでくれるのか？」

「ウォアアァア……」

あくびみたいな返事はどう捉えるべきなのか？

様子を見るうち、巨大亀は霞の中に入っていった。おそらくは雲の中だろう。濃霧でまったく前が見えない。

巨大亀はゆっくりした足取りながら、巨大さゆえに歩幅が大きく自転車くらいのスピードで進んでいく。

ぐらんぐらん揺れて乗り心地はよくないものの、日本人であった前世の記憶しかないユウキは心躍らせていた。遊園地のアトラクションみたいで楽しい！

キューちゃんをもふもふしていると、やがて霧が晴れて蒼天が広がる。

「おおっ、山頂か」

登り坂の先が水平に切れていた。

気持ち巨大亀の速度が上がった気がする。のっそりのっそり亀は進んでいき、止まった。

地面と空の切れ目へ首を伸ばし、向こう側を覗いている。

「キュキュキュ♪」

キューちゃんがユウキの胸からぴょんと飛び降りた。楽しげにぺたぺた駆けていき、長い首を伝って頭の上に登る。

ユウキも後に続き、ちょっと申し訳ないと思いつつも巨大亀の頭頂部に立った。

「これは、すごいな……」

先ほど山の中腹から見下ろす広大な森の海にも驚いたが、今回もまた彼の前世ではお目にかかったことのない絶景だった。

急斜面にぐるりと囲まれた、広大な盆地だ。直径が三十キロはある、ほぼ円形の土地。

ぐるりと川だか湖だかに囲まれ、左手方向の急斜面に滝があってどばどば水が流れている。

内側の地面には起伏がほとんどなく、森や草原、区画整理されたらしい畑もあった。中央には無数の家屋が点在している。

「ここはかなり高い山の山頂だよな……？」

実際、身震いするほど寒い。

しかし眼下に広がる景色は穏やかな気候の田舎町といった風だ。

「おっ？」

巨大亀が首を下に向けた。

「おおっ!?」

続けてこれまでとはうってかわり、機敏に頭を持ち上げた。

ぽーんと放り出されるユウキとキューちゃん。

「なんで!?」

落下しながら巨大亀を見やれば、『礼はいいってことよ』とでも言わんばかりの微笑みをたたえていた。

「最後はちょっと乱暴じゃないかな!?　でもまあ、運んでくれてありがとう！」

ユウキは急斜面にしゅたっと着地。そのまま滑り降りる。

そしてキューちゃんは、

「キュキュキュキュ～♪」

ユウキの心配をよそに、実に楽しそうにゴロゴロと斜面を転がり落ちていた――。

＊　　＊　　＊

急斜面をゴロゴロ転がっていくキューちゃんはどこか楽しそうだ。

盛り上がった岩にぶつかりポーンと跳ねても、キュッキュと喜んでいる。

（実はダメージを受けない体なのか？）

とはいえ限界はあるだろう。ユウキは斜面を駆け下りた。

途中でキューちゃんを拾い、ずざざざーっと急停止。ちょうど急斜面が終わったところだった。

「まずはこの湖？　を越えなければならないのか」

前方には大きな水たまり。上から見たところ火口の外周をぐるりと巡る水場だ。川のように流れていないので湖がやはり適切な表現だろうか。

対岸まではざっくりと二百メートルはある。

こちらは土が剥き出しだが、あちらは草がぼうぼう生えていた。

（寒い……やはり何かおかしいぞ、ここは）

湖を渡ると何かがあるのか、俄然興味が湧いてくる。

とはいえ、右を見ても左を見ても橋はかかっていない。上から見たときもそれらしきものは見当たらなかった。町の住人はどうやって出入りしているのか？

「泳ぐしかないか……？」

いかだでも作りたいが道具はなく、そもそもこちら側には木材が落ちていない。

水に飛びこむしかなさそうだが、この寒さだ。超人的な身体能力を持っていても心臓麻痺になってしまうかも。

「キュキュ、キュゥ～」

ぴょんとユウキの腕から飛び降りたキューちゃんが、湖へ向けて走っていく。そして、

「キュゥワッ！」

お得意の変身をしたわけだが、大きなタライ状に姿を変えた。赤い目は内側に、耳と足が外側に伸びている。

どうやらこれに乗って対岸まで渡れとのことらしい。

ユウキは一抹の不安を抱きつつも、キューちゃんを水面に浮かべた。

「冷たくないか？」

「キュキュ！」

力強い返事が返ってきたので『大丈夫』と解釈する。

ユウキは恐る恐る上に乗った。浮いたままだ。

「キュキュキュー」

耳をパタパタ動かして、波も流れもない湖を進んでいく。

（なんて器用な、そして便利だ）

ただ姿を変えるだけと侮っていた自分を恥じる。きっと今までも、こうして助けられてきたのだろう。

ぱちゃぱちゃと進む中、ユウキは湖を覗いてみた。澄んだきれいな水だ。

「魚がいるな」

種類は知れないが、二十センチほどの魚を何匹か確認した。

（水源はどうなっているんだろう？）

たしか急斜面に一か所、滝があってどばどば水が流れていた。

しかしかなり標高のある山の頂だ。どういう理屈で大量の水が山の中を遡ってくるのだろう？

ユウキは腰のポーチに手を当てた。

（飲んでも補充される魔法の水筒がある世界だ。まあ、不思議ではないな）

それでも謎があれば知りたくなるもの。

ユウキは脳内の『町の住人に訊いてみたいリスト』に書き加えた。

「ん？　なんだか、暖かくなってきたぞ」

対岸まで半ばを過ぎたとき、そう感じた。実際、吐く息が白くなっていない。

また『町の（以下略）』に加える項目が増えた。

どんぶらこ、とタライ状のキューちゃんは進み、何事もなく対岸までたどり着く。

「キューちゃん、お疲れさま」

元のふわもこ体型に戻ったキューちゃんは、ぶるぶるぶるっと身を震わせて水気を飛ばした。

町の住宅地まではおよそ十キロ。

トランク片手にふわもこ生物を頭にのせて、ユウキは胸丈の草を掻き分け走る。

びゅんびゅんスピードを増していった。

まったくもって疲れない。余力があるのだから当然だが、車より速いのに余力がある不思議。

（もしかしたら、湖をジャンプして越えられたかもな）

あっという間に草原を抜け、木々の中へ突入する。森だ。

轍《わだち》のある道があり、そこをびゅんびゅん駆けていく。

「キュ？」

「ん？」

キューちゃんが何かに気づくのと同時。ユウキもその音を聞いた。

カーン、コーンと響く音。

「誰かいるのかな？」

ユウキは音のする方向――道から外れて木々の中へ飛びこんだ。

そうしてすぐに。

「ふむ。木を切っていたのか」

なんとなくそんな気がしていたが、若い男が斧を持って木の根元を打ちつけていた。

耳が尖っているのでエルフだろうか。

ともあれ第一町人《まちびと》の発見である。

彼以外にも男衆がいた。開けたところで切り倒した大木をのこぎりで細かくしている。ざっと見て年齢は様々だが、こちらもみな耳が尖っていた。

「すみません」

声をかけると、「ん？」と木を切っていた若者エルフがこちらを向いた。しばらく目をぱちくりさせて、

「だ、誰だお前は!?」

大きめの声に、伐採作業中のエルフ男たちもこちらを向く。

「見かけない子どもだな」

「おい見ろ、耳が俺らと違うぞ」

「人族《ヒューム》……でもないな」

「頭の上にいる妙なのはなんだ？」

「侵入者か!?」

最後の叫びに、全員が顔をこわばらせ、手にした斧やのこぎりを構えた。

(子ども相手だというのに、やたらと警戒しているな……)

ユウキとしては友好的に話を進めたい。下手に出て警戒心を解くのが最良と考えた。

「私は怪しい者ではありません。みなさんに手紙を届けに来ました」

トランクを下ろして両手を挙げる。

応じたのは一番近くにいた男性――ユウキが最初に声をかけた若者だ。

「手紙、だと……？　誰から誰にだ？」

「全部で二十通ほどありまして、その中にはたしか――」

ユウキが記憶していた名前を告げると、エルフたちからどよめきが起こった。「うちの隣の爺様だ！　その息子からだぞ！」とか叫んでいる。

「手紙を見せてくれないか」

表情が柔らかくなった気がする。

ユウキはトランクを開け、紙束を取り出して若者に渡した。

「たしかに、町から出ていった者たちの手紙だな。ここに住む者たち宛の……」

若者は宛名や差出人の名を確認するうち笑みを浮かべた。しかしどこか寂しそうな感じがする。

彼を含め、みなが安堵に肩の力を抜いた。

「失礼した。ここは高山の頂に閉ざされた町。いくら子どもの姿でも、外からやってきた者にはどうしても警戒してしまうんだ」

「いえ、私もアポなしで訪れてすみませんでした」

「構わんさ。事前に了解など取れるところではないからね。すぐに町へ案内したいところだが、見てのとおり作業中でね。しばらく待ってもらえるかな」

若者はクライドと名乗った。

握手を求められたので、がっちりとその手を握る。ごつごつとして硬かった。

「ただ待っているだけでは退屈だろう。君には訊きたいことがあるし、話でもしようか」

「なら私にも手伝わせてください。この木を切ればいいんですよね？」

え？　と面食らったクライドの横に歩み寄ったユウキは、片手の指をそろえてピンと伸ばし、大木の切り口へ目掛けて手刀を打ちこんだ。

「ほっ！」シュバッ！

大木の根元が七割方ごっそり抉《えぐ》り取られ、バキバキと音を立てながら倒れてきた。

「おっと」

ユウキはそれを受け止める。

なかなかに重いがさすが超人的身体能力だ。がっちりキャッチすると、木々を上手く避けながら静かに地面に大木を下ろした。

「50センチ間隔に切り分ければいいんですかね？」

尋ねながら顔を向けると、

「なんだ今のは⁉」

「手でこの大木を切り倒しただって⁉」

「しかも一撃でだと！」

みなさん、たいそう驚いていらっしゃるご様子。

びっくりした皆さんとともに、ユウキは丸太の切り分け作業を行う。

こちらも手刀でてきぱきと済ませた。

記憶がほぼない状態で今のこの体を動かすのは身体感覚をつかむうえで重要だ。

もっとも体は覚えているらしく、最初こそ慎重にしていたものの、最後のほうでは両手を使ってほいほいほいほいほいと軽快に丸太を切り分けていた。

これが終わると、切り分けた丸太を荷馬車へ積んでいく。

またまたユウキはごっそり大量に運んでみなの度肝を抜いた。

「君には驚かされてばかりだよ」

「この閉ざされた町までたどり着いただけはあるな」

「彼ほどの力があれば簡単なのでしょうね」

「いやいや、だが道中にはイビル・ホークがいるからな」

「あいつに見つかったらただじゃ済まない」

「だよなあ。坊主、オマエ運がよかったなあ」

わりかし打ち解けた感じでユウキの話に花が咲く。

当のユウキは面映ゆく感じながらも、気になる単語に反応した。

「イビル・ホークとはもしかして、巨大な鳥ですか？　黒っぽい」

しんと静まったのは数舜。

「見たのかアレを!?」

クライドが叫ぶ。

「いえ、遭遇しました」

「アレに出会って無事だと!?」

「いきなり襲われましたが、どうにか交渉に持ちこんで事無きを得たと言いますか」

エルフの男衆が騒然とする。

「交渉だって!?」

「誰彼構わず襲うあの魔物と?」

「というか魔物と話せるのか……」

「山の主《ぬし》に対等と認められたのだな」

「なんて子だ……」

山の主との単語にユウキは恐々とする。その横っ面を蹴っ飛ばしたとは言わないほうがいい気がした。


ひとまず作業を終え、全員が複数の荷馬車に分かれて乗りこんだ。

ユウキはクライドの隣に座り、頭にキューちゃんをのっけて彼と話す。

「記憶を、失くした?」

「歩いている途中に、唐突になくなりまして」

「そんな不思議なことがあるものなのか。しかし気の毒だね。見たところ人族とは違うし、我らエルフ族でもない。自身を知る手掛かりはないのか?」

「今のところは名前と……この子だけですね」

ユウキは頭の上にのっかった不思議生物を指差す。

「そちらも我らの知識にないものだが……まあ、我らは知識そのものが多くない。君の力になれそうもなくて申し訳ないね」

　ともあれ、とクライドは手綱を操りながら頭を下げた。

「記憶を失くしても我らに手紙を届けてくれた。本当に感謝してもしきれない。ありがとう」

「いえ、私も手紙のおかげでこの町を目指せたのです。ただ手紙を預かった方々のことをお話しできず、申し訳ありません」

「いや、届けてくれただけでもありがたいよ。ここは出るにも入るにも難しい場所――閉ざされた町だからね」

　閉ざされた町――ユウキは不謹慎だと感じつつもその言葉に胸躍らせた。なんか異世界っぽい！

「でも、どうして皆さん、こんな山の頂上で暮らしているんですか？」

　前世のアニメやゲームの知識では、エルフは森の住民だ。

　どうやらそれは、この世界でも同じらしい。

「我らの祖先は、この山のふもとの森でひっそりと暮らしていたんだ」

　しかし森の守り神的な何かの禁忌に触れ、コミュニティ全体に呪いがかけられてしまう。

「見た目こそエルフのままだが、寿命は人族ほどに短くなり、魔法の力も失い、体も弱くなってしまったんだ」

　森の魔物たちに抗う術を失った彼らは、滅びを待つ以外になかった。

　しかしそんな彼らに同情したのか、別の神から遣わされたという賢者が現れる。

「我らの祖先は賢者様の導きに従い、この地にやってきた」

当時、岩だらけの荒れた火口だった場所を、その賢者は強大な魔法パワーで快適な場所に作り変える。

「火口の周囲が湖になり、森が育ち、生き物も現れた。気候もふもとと同じように穏やかで、以降はこの閉ざされた土地で連綿と命をつないできたのさ」

神だとか賢者だとか、どこまでが本当の話かわからない。

だが現実として高山の頂なのに気候が穏やかなのは確かで、彼らが今も生活している以上、何かしらの不思議パワーでこの地が成り立っているのは間違いなかった。

「しかし、結果的には険しい山道と強力な魔物が支配するこの地に閉じこめられたのでは？」

「森の神の怒らせた我らには当然の罰だよ」

悪いことしたのはご先祖様で、その子孫がいつまでも罪を背負うのは納得できない。

「そう考える者もいる。彼らはここを去り、生きてふもとまでたどり着いたから、こうして手紙を送ってくれたんだよ」

「しかしクライドさんたちは受け入れている、と？」

「まあね。いつか祖先の罪が許されたとしても、ここが好きな者は離れないだろう。俺もそうだ」

この辺りは非常にセンシティブな話題だ。部外者が土足で立ち入るべきではないな、とユウキは口をつぐんだ。

草原から森に入り、そこを抜けるとすぐに低層の家が点在し始めた。

丸太を組んだログハウスで、多くて四人が暮らせる程度の大きさだ。

横に目を向けると、遠くの斜面に滝が見えた。火口の上から覗いたときにあったものだ。

「あの滝の水はどこからきているのですか？」

「さあね。あれも賢者様のお力だよ」

この世界の魔法はとてつもないな、とユウキは感心する。その一端も使えない（たぶん忘れている）今の自分が矮小に思えた。

巨大な魔物を蹴り飛ばす力はあるものの、炎の玉でもぶつけられたらひとたまりもない。

なんとか魔法を、それを防ぐ手立てを見つけなければ、との使命感に燃える。

「キュ？」

さらにしばらく進むと、開けた場所が出た。

直径百メートルほどの円形広場で、中央には五メートルもの高さの石板が置かれている。

「あれはなんですか？」

「賢者様が遺された石碑だよ。具体的に何かと問われると困ってしまうのだが……祭りのときなどにはアレを囲んで踊ったり酒宴を開いたり、だな」

馬車で通り過ぎる際に眺めると、石碑には文字がびっしり記されていた。

「賢者様がこの地へ我らの祖先を導いた話が書かれているそうだ」

最初から読み進めると、たしかに先ほどクライドが語った内容がより簡潔にまとめられていた。ただ簡潔であるがゆえ、山の神がどういった存在で、クライドたちの祖先がどんな禁忌を犯したのかもわからぬままだ。


（ん？　何か、引っかかるな……）

さっきのクライドの物言い。『書かれているそうだ』とはつまり、

「貴方たちにはあの文字が読めないのですか？」


「神代語という遥か昔の言語だと伝わっているからね。我々にはさっぱりだよ」

いやふつうに読めるんだが？

ここに住む者たちには読めない、遥か昔の言語をなぜ？

そういえば、とトランクの持ち手にあるタグを見やる。

自身の名を示すであろう『ユウキ』の文字。

この町の住人に届けにきた手紙の文字とは明らかに違っていると今さらながら気づく。むしろ石碑の文字とドンピシャだ。

（この世界にどれほどの言語があるか知らないが、すくなくとも今の私はバイリンガルであるらしいな）

それも神代語とかいうカッコよさげな言語を読み解けるとは。

ユウキの様子に疑問を抱いたのか、クライドが尋ねてくる。

「もしかして君は、あの文字が読めるのか？」

「ええ、まあ」

隠すことでもないと思い、正直に答える。

「なんだって!?」

クライドは盛大に驚くと、手綱をぐいっと引っ張り荷馬車を止めた。

「本当に君には驚かされてばかりだ。着いた直後で手伝いまでしてもらって本当に申し訳ないのだが、アレを我らに読んで聞かせてはくれないだろうか」

「なにか重要なことが書かれているのですか？」

「重要、か……。そうだな。我らにしてみれば、起源を辿る重要なものだと思う」

石碑には賢者がこの地へ彼らの祖先を導いた話が書かれていると伝えられている。

彼らが口伝により聞かされた話はざっくりしていて、詳細がわからなかった。

石碑には彼らの知らない具体的な禁忌の話や、この地の秘密が記されているのではないかと期待しているのだ。

（でもそれは書いてないのだよなあ……）

さらっと読んだ限りではクライドの話と相違ない。でも見ていないところに書いてあるかも？

「それと……実はここ数年、地震が頻発していてね。といっても年に一度や二度なのだが、以前は山が揺れることなんてなかったんだ。その辺りも記述されているか知りたい」

不穏なことを言われた。

「わかりました。大した手間でもありませんし、私は構いませんよ」

「そうか、ありがとう！」

クライドが他のエルフたちに説明する。

彼らの目の色が変わった。かなり期待しているようだ。

馬に乗った何人かは手紙を届けに向かい、それ以外と、少数ながら広場にいた人たちも何事かと石碑の前に集まる。

緊張しつつ、ユウキは石碑の前に立った。

（まあ、ただ読むだけだし、気負うほどでもないか）

自分に言い聞かせ、先頭から丁寧に読む。

荷馬車からちらっと見た感じと同じく、冒頭部分はクライドから聞かされた話がむしろ簡略化されてまとめられていただけだ。

森の神を怒らせて彼らの祖先が呪いを受け賢者がこの地へ連れてきた、程度のもの。

クライドたちが落胆の表情を浮かべたところで、ユウキはぴたりと語るのをやめた。

「どうかしたのかい？」

「いや、ちょっと待ってくださいね……」

読めることは読める。

ただ内容がどうにも専門的で、まず自身が理解する必要があると感じたのだ。

「この地にかけられた魔法関連の記述ですね」

どよめきが起こる。

彼らも知らなかったこの地の不思議現象の数々が、どういう魔法でどう実現しているかが解説してあった。

ユウキは該当箇所——石碑の大部分を占める魔法解説を二度繰り返して読んだ。

前世の記憶に圧迫されて今の記憶を忘れてしまっている彼だが、熟読しての感想はこうだ。

(ずいぶんと回りくどいことをやっているな)

記憶が戻ったわけではない。しかし自身の中にある知識が告げていた。

——こいつ、ホントに賢者か？　と。

まず水源たる大きな滝。

山をまっすぐ貫通して地下深くから汲み上げているようだ。前世知識でいえば超強力な念動力みたいなのを常時発動している術式が組まれている。

湖が溢れないよう水量を調節する細やかなものだが、ユウキの現世知識が呆れていた。

（地下水が枯渇したらその時点で術式が破綻する。これ、いつ枯れてもおかしくないぞ）

よく何百年も維持できたものだ。

（私が持っていた魔法の水筒……あれを応用したほうが安全なのにな）

遥か昔はそういった魔法がなかったのだろうか？

この地に生えている植物にしても、最初に精霊パワーを借りて急速に成長させたあとはほったらかしになっていた。

何かの拍子に森が失われたら再起の手立てがない。

（住民が大切に守ってきたから事無きを得ているのだろうが、これも危険だよなあ）

他にも苦言を述べたい部分は多々あるものの、魔物除けと環境を一定に保つ巨大結界の構築などを一人で築き上げたのは確かにすごい。

もっとも驚かされたのは、この地に町を作り維持するうえで最重要となる超巨大魔法術式だ。

（火山の噴火を、無理やり抑えているとは）

幾重にも施された抑止の結界。

当たり前と言えば当たり前で、それがなければとうにこの地はマグマに沈んでいただろう。

しかし、やはりそこにも欠陥があった。

（噴火クラスのエネルギー開放があるたびに結界が失われていく、とあるな）

そして結界がすべて消滅したそのときは、火山の噴火で住民もろとも町は破壊されてしまう。

残る記述を読んでみた。

なるほどさすがは賢者と言われるだけはあり、ユウキの抱いた懸念のいくつかは彼（彼女？）も危惧していたらしく、つらつらと書かれていた。

（なになに？『あとは我が同胞に託す』とな？　丸投げかよ！）

メンテナンスは人任せで運任せ。なんともアフターケアがお粗末でならなかった。

（さて、これをどう伝えればよいか、なのだが……）

ユウキが黙りこくっているので不安そうな彼らを、さらなる絶望の淵へ追いこみはしないだろうか？

とはいえ黙っていては対策のしようがなく、彼らはいずれ知らないまま滅びてしまう。

「ええっと、ですね――」

ユウキはなるべく危機感を演出しないよう、柔らかく噛み砕いて説明した。

「なんてことだ……」

「もう、俺たちはおしまいだ」

「けっきょく滅びゆく運命なのさ」

絶望し、嘆き、諦めるなど様々だ。やっちまったらしい……。

「待ってくれ。もしかして君なら、我らを救えるのではないのか？」

クライドが縋るように迫ってきた。

「いや、私にそんな力は……」

残念ながら身体能力が異様に高いだけのお子様だ。

魔法を使えもしないのだから、賢者の術式メンテナンスなんてできるはずが——。

「キュキュ、キュゥ！」

「キューちゃん？」

もしかして、この子ならなんとかできるのか？

キューちゃんはぱたりとその場に倒れた。「キュゥ〜」と目をつむり、「キュゥ〜、キュゥ……」

と…………眠った？

いやぱっちり目を開けて起き上がると、「キュキュキュ！」と片耳をユウキに向けてくる。

「……私に、寝ろと？」

「キュキュキュ！」

「それでなんとかなる、と？」

「キュキュ！　キュウ！」

「ええ……」

寝て起きたら魔法が使えるようになるとでも言うのだろうか？

「じゃあまあ、寝てみるけど……」

いったい何が起きるのやら。

不安の中クライドに案内されて、町一番の大きな家――彼の生家にユウキは赴くのだった。

＊　　＊　　＊

閉ざされた町に宿屋はない。

クライドの家は町で一番大きく、それもそのはず代々町の長《おさ》を輩出しているところだった。

しばらく外で待たされてから、キューちゃんを抱えたユウキは大きなテーブルのあるダイニングと思しき部屋に通される。

五十代くらいのエルフ男性が待ち構えていた。

「話は聞いた。君がユウキ君だね。私はこの町の長でカーチスという。クライドの父親だ」

男性――カーチスは立ち上がってユウキに近寄り、片手を差し出してきた。

キューちゃんを抱えたままその手を握る。ごつごつとした働き者の手だ。

「ユウキです。お聞きのとおり私は最近の記憶がありません。どうしてここへ手紙を届けることになったのかはわかりませんで……」

「険しい道のりの最中、記憶を失うような大変な事態があったのだろうな。なんとお詫びをしたらよいか……」

自分たちの危機を聞いてなお、まずユウキの心配をして謝罪する。実にいいひとだと感動した。

「気になさらないでください。それより、石碑の件ですけど……」

今すぐ重大な危機が訪れるとは考えにくいが、火山の噴火を抑えている魔法術式がすべて破壊されたらこの町はマグマに沈む。遠からぬ未来、そうなるだろう。

「ああ、それも聞いたよ。部外者の君に頼るのは心苦しいのだが、若い者たちだけでも助けてやってはくれないだろうか」

寝て起きて何ができるか知らないが、最悪の場合は山の主《ぬし》たる巨怪鳥を力でねじ伏せ、高山を下れる体力のある者たちを連れて逃げられるかもしれない。

「ともかく、ちょっと寝かせてください」

「う、うむ。ゆっくり休んでくれ」

カーチスの困惑が手に取るようにわかる。

いやホント、寝て起きて何がどうなるのよ？　腕の中のキューちゃんは答えてくれなかった。


クライドに案内されたのは、ベッドと机が置いてあるだけの簡素な部屋だ。

彼がいなくなり、ユウキは壁にあった鏡を覗きこむ。

(うん、こんな顔をしていたなあ)

前世の記憶に押しつぶされてはいるものの、鏡に映る中性的な顔は『自分』を実感できる。

安心したところでベッドへダイブ。ちょっと硬い。

特に疲れてはいないので眠気はまったくないのだが、前世最後の記憶を無理くり思い出して眠気を引き出す。寒い場所から穏やかな気温に浸かっていたのもあって眠くなってきた。

キューちゃんがぴょこんとお腹に乗ってくる。綿毛のような見た目のとおり、重さはあまり感じない。ふわもこを顔に押しつけると、いよいよ瞼が重くなった。

「うん、眠れそうだ……」

目を閉じると暗闇に沈むように、ユウキは寝息を立てるのだった――。


どれほど寝ていただろうか。

腹の上でぴょんぴょん跳ねるキューちゃんの衝撃で目を覚ました。

寝入る前は重さをあまり感じなかったのに、今はけっこう腹にくる。

「起きた、起きたよキューちゃん……」

寝ぼけ眼《まなこ》を擦りながら起き上がる。

(なんだか、体が重いな……)

特に胸の辺りが重力に引っ張られている。妙だと感じ、胸に手を当ててみた。

むにゅり。

なんとも柔らかな感触に、もう一方の手も胸に置いてもみもみと――。

「ってなんだコレは⁉」

両手で鷲掴みしているのは、まごうことなき女性の乳房。それが自分にくっついていた。

ユウキは恐る恐る、股間に手を伸ばす。

「ない……」

前世の記憶を思い出した直後に確認したソレが、影も形もなくなっていた。

（まさか私にも変身能力があったとは……）

得も言われぬ喪失感を感じつつも、ユウキは不思議な感覚にも浸っていた。

「うん、なんか、そんな気がしてきた……」

寝て起きたら女の子になっていた。

そんな異常事態であっても、これがふつうだとの認識がある。

ひとまず壁の鏡を覗きこんでみた。

「男のときと変わらないな」

もともと中性的な顔立ちだったので同一人物と見てもらえそうだ。

幸い衣服はゆったりめで、推定Gカップながら胸は苦しくなかった。

「しかし、どうにも収まりが悪いな」

歩くと揺れる。揺れるとすこし痛い。ゆったりめの衣服が逆に仇となっていた。

ユウキはトランクを開き、例のアレを取り出した。

最初に見たときは『男の自分がなぜこれを？』と不思議に思ったものだが、今となってはあって当然のもの。

「君は、私が女の子に変身すると知っていたのか？」

「キュキュ」

体全体を使ってこくこくうなずく。

やはり実感は間違っていなかった。

ユウキは上半身裸になり、せっせとブラジャーを装着する。

不思議なことに、自分の中に思春期男子の劣情が確かにあるのを感じるのに、大きな胸には興味が湧かない。自分のだから？

また自分の中には確かな『乙女』もいるらしく、クライドが不審に思って入ってきたらどうしよう恥ずかしい！　との羞恥心に急かされていた。

「うん、ずいぶんと楽になった」

収まるところに収まった感がすごい。

そして我が事ながら手慣れたものだった。体が覚えている、というやつか。

「しかし、なんでまた女の子になったんだ？」

男に戻れるのかとの不安もあるが、それよりなにより今もっとも重要なのは、

「そうだな、この姿になったことで、何がどう変わったのかを調べないと」

いつ火山が噴火して町が破壊されるかわからない現状、それを防ぐ手立てを自分が持っているのかどうか。

「石碑に記されていたのは、この町に施された数々の魔法術式に関するものがほとんどだった」

それらのメンテナンスを、神代文字が読める者に託すとの言葉。

だがユウキはその『読める者』であったものの、魔法はさっぱり使えない。

ところがキューちゃんは、ユウキが寝て起きれば解決すると（たぶん）言っていた。

となると考えられるもっとも可能性が高く期待も高いのは。


「女の子になったら魔法が使えるようになる、のか？」

ユウキはちょっとわくわくしてきた。

しかし検証するにしても、室内でファイヤーボールなんてのをぶっ放すわけにはいかない。

（そもそも詠唱とか発動方法をまったく思い出せないのだが……）

期待半分、不安半分。

「空でも、飛んでみる？」

そんな自分の姿をイメージした次の瞬間、体の内から熱が湧き、
ふわり、と。

ユウキの体が浮き上がった。

「と、飛べた……」

風に吹かれるイメージで、あっちこっち狭い室内を飛び回る。

「おおっ！　すごい。考えたとおりにすいすいと飛べるじゃないか！」

「キュキュ、キュゥー♪」

嬉しそうなキューちゃんが跳びついてきたのを受け止めて「ぐぶっ」なんか重い。それでもすいすいーっと空中浮遊を楽しんでいると、ドアが控えめに叩かれた。

「ユウキ？　何か騒がしいようだが、起きたのか？」

「はい？」

疑問形だったが返事と捉えたのか、がちゃりとドアが開かれてクライドが入ってきた。

「起きたところすまないが、君に確認したいことが………」

彼はユウキを見るなり目を丸くして、

「飛翔魔法だと!? 君はそんな高度な魔法が使えたのか!?」

なんだか盛大に驚いているようだ。

キューちゃんを押しつけるようにして胸を隠し、床に降り立つ。

「飛翔魔法……空を飛ぶるのはわりと難しい魔法なのでしょうか？」

「あ、ああ、そうか。君は記憶を……。それでも魔法が使えてしまうのはすごいな」

どこか期待に満ちた瞳を向け、クライドはユウキの質問に答える。

「我らの祖先が山の神の怒りに触れて呪いを受けたとは話したろう？ その影響のひとつに、魔法が使えなくなるものがあった」

呪いは子孫たる彼らにも受け継がれ、いまだに魔法が使えない。

しかしいつか呪いが解かれる日を夢見て、彼らが使える魔法のやり方は書物にしたためて大切に継承してきたのだとか。

「その中に飛翔魔法は存在しない。厳密にいえば、『エルフ族ではそもそも使えない魔法』と記されているんだよ」

エルフは高い魔法力を有する種族だとクライドは付け加える。

特に風にまつわる魔法では多くの種族を圧倒するも、飛翔魔法は困難を極めるのだという。

「なるほど。たしかに飛翔魔法は『風』とは直接関係ないですもんね」

使ってみての感覚では、念動力とか重力制御とかの部類だろう。

「そうなのか。俺はてっきり風系統の魔法だと思っていたのだが……」

羨望の眼差しを向ける彼に、ユウキはおや？　と首を捻った。

クライドから妙な雰囲気を感じる。

彼から何かが放出されそうであるのに、それが無理やり抑えられているようなもどかしさ。

(呪い、か……)

本来は魔法が使える種族なのに、今は使えなくなっているこの町の住人たち。魔力的な何かを封じ込められていると考えれば、この感覚は納得できる。

「な、何かな？」

じーっとクライドを見る。

見てどうなるかは知らないが、ユウキの直感がそうしろと告げていた。

やがて——。

(ん？　なんだこれ？)

クライドの周囲に、半透明の画面らしきが現れる。そこに幾何学模様や数式みたいなのがずらずら表示されていった。

「ああ、なるほど」

呪いとは魔法的な何からしい。彼らが先祖代々受け継いでいる魔法術式が見えているのだ。

(たしかこれ、見えていたら中身をいじくれるんだよな)

なぜだかそんな気がして全消去を試みる。が、こちらの命令を受け付けない。

(ああ、そうか。上書きは禁止されているのか)

またもそんな気がして、今度は術式の無効化を試みた。

(ふむふむ。クライドさんの魂を縛っている術式が生殖細胞にコピーされて子々孫々まで受け継がれる、と。なら大本を消してしまえば、呪いが子どもに発現することはないな)

上書きはできないが、魔法術式を書き加えることはできる。

(術式の対象を彼の魂から別の何かに切り替えるよう、条件式を足してみよう)

魂という形のない概念から、彼を構成する肉体の一部――もう髪の毛でいいや、と条件式を加えてみた。

「ッ!?　なん、だ……、体が、熱く……?」

クライドが苦しそうに顔を歪めた。

代々魔法が使えない呪いを受け継いできた彼らは、魔力を扱える肉体構造が退化してしまったようだ。

命の危険はないものの、常に熱っぽい状態になるらしい。

(魔力の循環を肉体の構造に合わせて抑制する術式を加えて――)

「ん？　熱が、引いていく……」

ユウキは呪い術式以外の、エルフ本来の特性情報を読み取る。

(魔力の上限と、肉体が耐え得る魔力の限界の値が違うのか。変数は肉体限界のほうに合わせて……………うん、これでよし)

寿命や肉体の強さも抑えられていたが、こちらは条件を追加して解除するだけで、今の彼自身に影響は出ない。寿命は延び、肉体は鍛えれば今以上に強くなるのだ。

「呪いを解除してみました。事後報告になってしまってすみません」

クライドは呆然としつつ、うわごとのようにつぶやく。

「この解放感……そう、か。やはりみなの手紙に書いてあったのは、本当だったのか……」

「手紙?」

クライドは涙をこらえるように表情を引き締め、ポケットから紙を取り出した。

「君が届けてくれた手紙だ。ひとつだけ持ってきたが、確認した限りみな同じことを書いていたんだよ。『ユウキは呪いを解除できる』とね」

手紙を受け取り読んでみた。

町を捨てたことへの謝罪や近況が語られているところはプライベートにかかわるので流し読んでの後半部分。

(私が呪いを解除して、町の危機を察知した、とあるな)

ついでに『このお方こそ賢者様の再来だ』と面映ゆい言葉も記されていた。

「本当に、ありがとう。まさか呪いが解除される日が来るなんて……」

ここまで努めて平静を保っていたクライドは感極まったのか、ぼろぼろ涙をこぼし始めた。

先祖の呪いで閉ざされた町に囚われていたのだから無理もない。

とはいえ、だ。

「ひとまず皆さんの呪いを解くのは後回しにして、もう一度石碑へ行っていろいろ調べたいのですが、いいですか？」

「それは願ってもないが……神の呪いを解くなんてことをやってのけたんだ、負担は相当なものだろう。まずは休んでくれ」

「いや、まったく疲れてはいないので、やることをちゃちゃっとやってしまいたいのですよ」

「ちゃちゃっと……」

休んでうっかり寝てしまうと、今度は魔法が使えない男の子の姿に逆戻りかもしれない。

（それに、今のこの姿での違和感の正体を調べたい）

体が重い。

胸の重量変化を考慮しても、これほどまでに重力を感じてしまうのはなぜなのか？

（いや、重いんじゃない。体の重さを感じられるようになったんだ）

男の子の姿のときはそれがなかった。

ふつうに生活していれば気にも留めないことだが、寝る前までは本当に重力を感じないほど体が軽かった。

急に重力を体感してしまったから、体が重いと錯覚しているのだ。

軽いはずのキューちゃんにも重みを感じるこの状態はおそらく……。

ユウキは軽く床を蹴って跳んでみた。キューちゃん並みの跳躍力だ。

数度、じっくり確認したのち、予想と違ったらごめんなさいと心の中で謝ってから全力でジャンプする。

垂直跳びでおよそ三十センチ。まったくもって跳べてない！

（や、やはりそうか。間違いないな、これは――）


女の子の姿では、超人的な身体能力が失われている。


（だが、逆に魔法の力が使えている。なんとも妙な体質だなあ）

ともあれ今は魔物と戦ったりする必要はないから問題ない。

むしろ今しかできないことをやらなければ。

「では行ってきます」

ユウキはキューちゃんを抱えて部屋を飛び出した。家からも出て、すたこら走ってみたものの。

「ぜぇ、はぁ、ぜぇ、はぁ……」

すぐに息切れしてしまう。

「走れないなら、飛んでしまえばいいじゃない！」

というわけで、飛翔魔法で楽々石碑までたどり着いた――。

＊　　＊　　＊

今は夕方。西の斜面がほんのり茜色に色づいていた。

走ると疲れるのでびゅーんと飛んできたところ、少数ながら広場にいたエルフたちがぎょっとして、遠くの人たちも呼ぶ始末。

（ものすごく目立っている。恥ずかしい！）

ユウキはキューちゃんをぎゅっと胸に押しつけて、浮遊状態を解除した。

何食わぬ顔で歩き出し、石碑の前にやってくる。

実のところユウキは、石碑に記された内容を一言一句余さず記憶していた。

だからこれを再読しにきたのではない。


（やはりここが、魔法術式の中心か）

男の子の姿のときは魔法関連に鈍感だったため気づかなかったが、今はビンビン感じる。

石碑を中心として、かつて賢者とやらが構築した魔法術式すべてが展開していた。

地脈と呼ばれる、自然界に存在する魔力が多く流れる川のようなもの——それが集まる場所がここだった。

(複数の魔法術式を統括する術式が石碑自体に構築されている、のだが……)

もし石碑が壊されでもしたら、すべての術式がストップする。

(な、なんてリスキーな。危機管理意識が皆無なのか?)

たぶんこれが一番効率的なやり方だったのだろうが、冗長性のないシステムはちょっとしたことで瓦解するのが常だ。

(賢者ならその辺りも考えてほしかったところだな)

遠い過去の人を非難しても意味はない。

ユウキは目を閉じ、足元に意識を向けた。

深く、巨大な山の内部に潜る。

(これが火山の噴火を抑えている術式か)

超巨大な魔法陣が三層。しかし一番下の魔法陣には亀裂が生じている。あくまでユウキが捉えたイメージで、実際にヒビが入っていたら機能しない。

ただ火山性の地震が小さいのでもひとつ起きれば三層目は破壊されてしまうだろう。

(修復するより、作り直したほうが早いし確実だな)

いまだにこの世界での記憶が思い出せないユウキだったが、やり方は知っていた。

詠唱は必要ない。

ただ知識として刻まれた部分から術式を引っ張り出し、それを具現化するだけでよかった。

（思い出もこんな風に思い出せたらいいのだが……）

それができないもどかしさをいったん横に置き、体の内で魔力を練り練り。

ユウキの体から光があふれた。

風が絡み、バタバタとマントを躍らせる。

（メインの防御魔法陣を展開……それを守る小魔法陣を七層構築……）

小魔法陣とはいえ、そのひとつひとつが仮に山の上部を吹き飛ばすほどのエネルギーであろうと受け止める堅牢な代物だ。

（しかしこれはあくまで『噴火』に準ずるエネルギー解放があった場合の〝保険〟に過ぎない）

ユウキはさらに下へと意識を沈めた。

真っ赤なマグマが蠢《うごめ》く深いところまでやってくると、

（ん？　なんだこれ？）

妙なものを見つけた。

いったん保留し、そこにも別の魔法術式を展開する。

圧力が上昇するのを抑えるなど、噴火そのものを抑止する術式だ。

（よくこんな術式を知っていたものだな。いや、知っている別の術式をたんに応用しただけか）

その応用がすらすら出てくる自分に驚きつつも、賢者が築いた魔法術式につながっていた地脈を切り替え、

「よし、終わった」

ユウキは最大の懸念事項をやり遂げた。

ふぅ、と息をついてすぐ、ぎょっとした。

「ユウキ、終わった、とは何が……」

クライド他、大勢のエルフたちが石碑の周り――ユウキを囲んで集まっていた。

ものすごく注目されている。恥ずかしい！

「えっとその……火山の噴火が二度と起こらないよう、魔法をかけておいた、のですけど」

しん、と静まったのは一瞬。

わっと歓声が上がった。

「君はなんて子なんだ！」

「これで我らは救われた！」

「ありがとう！」

「賢者様の再来だ！」

前世の社畜時代にこれほど称賛されたためしがないため、引きつった笑みしか作れない。

「あの、でも私みたいな部外者の言葉を安直に信じるのはどうかと……」

そんな心配も湧いてきた。

クライドが進み出る。

「何を言うんだ。君は私の呪いを解いてくれた。手紙にも多くの同胞が君のおかげでエルフの矜持を取り戻せたと書いてあったんだ」

別の誰かが言葉を継ぐ。

「そうだ！　君こそ我らが救世主。その言葉を疑えるはずがない！」

面映ゆくてじっとしていられない。

「で、では、みなさんの呪いも解いておきましょうか」

「えっ？　いや、今まさにとんでもない大魔法を使ったのだろう？　しばらく休んでくれないか」

「地脈の魔力を拝借していたので魔力はほとんど減っていません」

唖然とするエルフたちをユウキは眺め、クライドのときのようにそれぞれ半透明の画面が現れたのでバババババッと、これまたクライドと同じく呪いの術式を無効化した。

一度やっていたので並列処理でも簡単だ。

歓喜に湧く中、ユウキはクライドに淡々と告げる。

「ここにいないひとたちの呪いも解きたいと思いますので、どこかに集めてもらえますか？」

「それは構わないが……この町には一万ものエルフがいるんだぞ？」

からないだろう。

「あー、この広場だと容量が足りないですね」

「いや、数が問題だと言っているのだが……」

それはまったく問題ない。一度に一万を捌けるかは未知数だが、数百人ずつでもさほど時間はか
ただ寝てしまうと魔法が使えなくなる、と思う。

「私は他の問題にも対処してきますので、みなさんを集めるのはお願いしますね」

「他の問題、とは？」

「まずは水源ですね。あの滝はあと数年も持ちません。地下水が枯渇しかけています」

「それも、解決してくれるのか……？」

「乗り掛かった舟、というやつですね。『ついで』と言うのは失礼ですが、記憶を失くしているので
いろいろ試したいのもあります」

ユウキにしてみればこの町のエルフたちは見知らぬ他人。しかし長らく理不尽な苦労を強いられ
てきた彼らに、前世の自分を重ねていた。

だから彼らに手を差し伸べるのは、自身へ報いるのと同義なのだ。

それから、とユウキはあっけらかんと告げる。

「この町と別の場所をつなげます。山を上り下りしなくても、外と交流できるようになりますよ」

クライドたちは理解が追いつかず、ただぽかんと口を開け広げるのだった――。

＊　　＊　　＊

翌日の昼になった。

「ひゃっほぉー♪」

「キュッキュゥー♪」

斜面から流れ落ちる滝を、ユウキはタライ状になったキューちゃんに乗って滑り落ちる。

エルフたちから借りた水着はビキニタイプで、分厚く硬い布製なので伸縮性がなくちょっときつかった。

滝つぼにぶち当たる直前、キューちゃんは底の部分を尖らせて着水するや、側面をぐいーんと伸ばしてユウキを包みこんだ。

そのまま球体に変化したキューちゃんの中はふわもこで気持ちいい。

滝つぼの底に沈んだキューちゃんはやがて、すぽーんと勢いよく水面から飛び出した。そこで元の姿に戻り、ユウキと一緒に落っこちる。

バッチャーンと外周湖に入ったのち、浮き輪型に変化したキューちゃんにお尻をはめて、ユウキは水面を漂った。

「もうすぐだな」

陽光を浴びながら、ふぃーっと息をつく。

昨夜はいろいろやった。


まずはこの滝だ。

地下水を汲み上げている方式を変更し、別の水源と『時空の穴』を通じてつなげてみた。

この火山の反対側――ユウキたちが登ってきたのと逆側――には、見える範囲で大きな湖があった。飛翔魔法でかっ飛ばし、そこに『転移門』を作成。今ある滝の出現位置にも転移門を作り、つなげて実現した。

水の量は潤沢なのですこしばかり拝借してもあちらが枯渇することはなさそうだ。

水質・水温の違いも軽微で、生態系へ著しい影響を与えることもないと思う。

それが終わると、クライドがいくつかの場所に分けて集めた全町民に対し呪いを解きまくった。

彼らは今後、他のエルフ族と同じく長い寿命と強い肉体、そして魔法の力を取り戻したので生活が一変するだろう。

ここまでやればほぼ終わったも同然だったのだが、ユウキは続けて火口の町を包みこむ環境維持結界にも手を加えた。

外周湖の真ん中付近に境界面があったのを、一か所を除き火口の外周にまで広げたのだ。

おかげで滝の辺りもあったかで、水遊びにはもってこいになった。

(さて、残る問題は……)

あとひとつ。

高山の頂に隔離されたこの町ムスベルを、ふもとの町とつなげて往来可能にする。

それを実現するには、滝と同じく『転移門』を作ればいい。

ただし二つの場所をつなげるこの門は、ムスベルだけでなくふもとの町付近にも設置しなければならない。

(だがそれはもうすでに行われているはず)

クライドから見せてもらった手紙には、それを示唆する言葉があった。ユウキも明確に覚えていないながら、『自分ならそうする』との確信がある。

だからムスベルに転移門を作ってそれとつなげれば、別の町への往来は可能になるのだ。

転移門の設置自体には問題を感じていない。

(ただなあ……)

湖にぷかぷか浮きながら空を眺めると、遥か高くを旋回する一羽の鳥。

(あの巨怪鳥が黙ってはいないだろう。さて、どう説得するかな)

環境維持型結界は同時に魔物を寄せ付けない堅牢な城壁でもある。

だから外とつなげる転移門をその内側に構築すれば、巨怪鳥も手は出せない。

だが、そう簡単にはいかなかった。

転移門の作成は超高難度で複雑、かつ実行時に大量の魔力を必要とする。

魔力は地脈を利用すればどうにかなるが、環境維持型結界もまた高度な魔法術式であるため、その内側に転移門を作ると互いに干渉しあって動作不良を起こしてしまいかねない。

だから結界の外に作る必要があったのだ。実際、水源用の転移門はぎりぎり結界の外に作っている。

で、外との往来用の転移門を作れば当然、巨怪鳥はそこを通ろうとする住民を襲うだろう。

（ま、会話できるならやりようはあるか）

楽観するユウキの耳に声が届く。

「おーい、ユウキー！」

顔を向ければ、クライドが湖岸で大きく手を振っていた。

飛翔魔法で水面をずしゃーっと滑って彼の下へ。

「……君、本当に女の子だったんだな」

ユウキは下を向き、濡れそぼった自らの肢体を見やる。胸しか見えなかった。あらためて見るとでかいなと思う。

そして急に恥ずかしくなった。内なる『乙女』の仕業だ。

ちなみにクライドたちはみな、ユウキを『賢者の再来』と崇め奉ろうとしたのだが、それはやめてとユウキが嫌ったので、出会った当初と口調を変えないよう努めているらしい。

「いやその、まあ、なんと言いますか……」

最初に会ったときは男の子で、寝て起きればたぶん元に戻る。どっちが『元』かは知らないが、ともかく今は魔法を使う必要があるためユウキは一睡もしていなかった。

「すまない。じろじろ見ては失礼だったな。こちらの準備は終わったよ」

「ありがとうございます。お手数をおかけしました」

「いや、君には頼ってばかりだからね。我らにできることはやらせてほしい。しかし……ゆっくり休んでいたかと思ったら、ずいぶん元気だな」

「さほど疲れてはいませんから」

眠気は魔法で吹っ飛ばせる。それでも寝たほうがよいのだろうが、今はまだいいとユウキは表情を引き締めた。

「それでは交渉に赴きましょうか」

「ああ。……あー、ところで、その格好で行くのか？」

ユウキはハッとする。いまだ濡れそぼった水着姿だ。

「すみません、あっちを向いていてもらえますか」

ユウキは茂みにダイブ。体の水気を魔法で飛ばし、そそくさと着替える。

「では行きましょう！」

馬に乗ったクライドの横を、キューちゃんを抱えて飛んでいった——。


ユウキが最初に訪れた斜面付近。

環境維持型結界は火口の外周まで広げたが、この辺りは対岸から数メートル地点までにとどめていた。境界にはユウキが杭とロープで立ち入り禁止の区切りをこしらえている。

そして湖面には、浮橋がかけられていた。

エルフたちが朝からせっせと作ったものだ。

ユウキはてくてくと浮橋を渡った。大して揺れもしないし、荷馬車一台なら問題なく通れるほど頑丈だ。

立入禁止の区切りの前で深呼吸。

ここから先は安全地帯から外れる。いざ、とロープを潜って結界の外に出た。

びゅおん、と。

上空からものすごいスピードで落ちてくる巨大な影。ユウキが出てくるのを待っていたようで、イビル・ホークが舞い降りた。

二十メートルほどの距離を開け、対峙する。

「貴方と話がした――」

ユウキが語りかけるその最中。

巨怪鳥はあーんと口を開け広げ、

ゴオォッ！


巨大な火炎球を吐き出した。ユウキの体を丸ごと飲みこめる特大サイズだ。

バチィィンッ！

しかしユウキが虚空に展開した魔法陣に衝突すると、火炎球は弾けて消えた。

『……我が灼熱の魔法を防いだか』

イビル・ホークはバサバサと羽音を鳴らしながらつぶやく。

ん？　とユウキは違和感を覚えた。

違和感の正体がつかめぬまま、巨怪鳥は続ける。

『あの忌々しい賢者めの防御をも破壊した我が最大の攻撃を、やはりそなたは……』

またも違和感が沸き上がる中、ユウキは穏やかな笑みを返す。しかし内心では、

（び、びっくりしたぁ……）

ビビりまくっていた。

問答無用で攻撃してくる可能性を考慮し、万全の備えをしていたからこそ防げたものの、ほんの少しでも魔法盾の発動が遅れていたら黒焦げになっていただろう。

(ぜんぜん見えなかったぞ！)

でっかい火の玉がぱっと出てぽっと消えた、程度の認識しかない。

女の姿では火山の噴火を抑えたり三十キロ圏内の環境を一定に保ったりと、常識はずれの魔法力を持つものの、身体能力は見た目通りのお子様レベル。

肉体を魔法的に防護したりはできそうだが、動体視力を上げたり筋力そのものを向上させたりがどうしてもできない。不思議。

反射速度や回避能力が低ければ、魔法戦なんてことをやれるとはとても思えなかった。

(しかし、妙だな)

今の火の玉は、よく見えなかったが威力はすごかった。

(前に張られていた結界なら、貫くこともできたはずだ)

広範囲に渡る火口部分の縄張りを奪われ、この魔物は町の住民と敵対していると考えていた。

ならば今の魔法で町の中心部を焼き払い、住民を追い出すくらいしていたのでは？

さっき感じた違和感はこれだろうか？

しかし確信には至らない中で、現状を分析する。

(そうだ。よく考えたら、私が手紙を届けに来たというのもおかしな話じゃないか)

呪いにかかっていた彼らは、険しい山道を下るのも大変だったろう。そんな中でイビル・ホークの襲撃を受けてなお、ふもとの森にまで生きて到達できるとはとても思えなかった。

鷹って夜でも目が見えているらしいし、これほどの魔物が夜だから見逃すとも考えにくい。

誰彼構わず襲う、とエルフたちは言っていた。

それも本当かは定かではない。

襲われたら死ぬだろうし、町の中には入ってこられないから実際に襲われた者たちを見てはいないはずだ。

そういうものだと信じているだけでは?

(あれ？　もしかして……)

思考を巡らせていたら、先ほどの違和感の正体にも思い至る。

最大威力と自己申告した火炎球を防がれても、巨怪鳥はさほど驚いてはいなかった。

——やはりそなたは……。

むしろこの巨鳥は防がれて当然、いや期待していたのではないか？

『よもや彼の賢者を超える御使いであったとは。ならば我の役目も終わり。命乞いはせぬ。ひと思いに——』

「あーっ！」

あっさり白旗を揚げた巨怪鳥に、ユウキは確信した。

「貴方は、今までずっとエルフたちを守っていたのだな！」

ずびしっと指差すと、

『……今それを言うか？　察したのなら黙っておけばよいものを。まあ、対岸まで声は届かぬからよいか』

「いやいやいや、なぜそれを言わない？　悪役になる必要なんて――」

『あったからそうしていた。そも我の言葉はエルフたちには解せぬゆえな』

そういえばそうだった。

『我は彼の賢者と盟約を結んだ。住みやすく環境を整えたとはいえ、山の頂に閉じこめられれば外の世界に憧れよう。しかし呪われたエルフたちは山を下っても生きられぬ』

だからイビル・ホークは敵対していると賢者は嘘を言い、町を出たら殺されると告げたのだ。

「初めて会ったときに私とキューちゃんを襲ったのはこちらの力量を測るとともに、最後の最後まで自らを悪役とし、このタイミングで私に敗れて退場するためだったのですか？」

ユウキは敬意を払って尋ねる。

『成れの果てとはいえ神獣を連れた御使いだ。上空よりひと目見て期待したものよ。彼の賢者すら果たせなかった『神の呪いを解く』偉業を、そなたならやってのけるかもしれぬとな。実際、そなたは見事やり遂げた』

どうやらキューちゃんの正体の一端は最初から見抜いていたらしい。そしてそのよく見通せる目をもってして、上空からユウキが呪いを解く様子を眺めていたようだ。

「もし私が彼らの呪いを解けなかったら、どうしていたのですか？」

『さて。どのみちそなたの判断次第。状況によって我の立ち回りも変わったであろうな』

なんとも律儀な魔物である。

「しかし、悪役になるのは百歩譲って理解できるにしても、自ら命を差し出してその役をまっとうするのはどうなのでしょう？　賢者は貴方に『死ね』とは言っていなかったのでは？」

『この地はすでにエルフたちのもの。呪いが解けても留まる者は多くいよう。長く苦しんだ者たちが、いつまでも我の恐怖に怯えて暮らすのは哀れでならぬ。ゆえに我はこの地を離れるでなく、彼らの目の前で死なねばならぬのだ』

イビル・ホークは慈しむように対岸のエルフたちを見やる。

『我は長らく生きてなお神獣に至らなかった。生への執着は疾《と》うの昔に切り捨てている。御使いとの約束を果たして逝くのなら本望と言えよう』

納得はできないが、個人の思想・理念に関わるなら口出しできるものではない。

しかし賢者との約束に自らの死が入っていないのだから別の未来《ルート》を選択すべきだと強く思った。

「ちょっと待っていてください」

『おい待て。そなたまさか――』

「大丈夫。彼らはきっとわかってくれますよ」

ユウキは結界内に入り、浮橋を渡ってクライドたちの下へ。

橋作りの作業をしていた者たち以外にも、多くのエルフたちが集まっていた。その中には町の長カーチスの姿もある。

「貴方たちにお話したいことがあります」

こんこんと説明すると、

「あの魔物が我らを守っていた、ですって？」

「にわかには信じられない」

「でも言われてみればあの魔物に襲われたところを見ていないわ」

「町を出た者の多くも生きていたようだし……」

「辻褄は合っているのだよな」

疑念を持つ者もいたが、状況証拠を積まれて困惑しながらも理解を示す者のほうが多かった。

カーチスが進み出る。

「ユウキ殿は数々の奇跡を我らに示してくれた。そして今、山の主と話し合っている様をみなも見ていたろう？　ユウキ殿が嘘を語る理由はなく、山の主がユウキ殿を騙す利も薄い」

カーチスはそのまま歩き出し、浮橋を渡っていく。慌ててクライドと、数人がその後を追った。

ユウキはその場から眺めるのみだ。

イビル・ホークの前に、カーチスは悠然と、クライドたちは緊張した面持ちで歩み寄り、片膝をついて首を垂れた。

カーチスが何事かを告げたのち、クライドが立ち上がってユウキへ大きく手を振る。

(どうやら和解したようだな)

イビル・ホークの言葉は届かなくても、あの慈愛に満ちた瞳を見れば気持ちは伝わる。


——異変が起きた。


イビル・ホークの黒い巨躯が、突然輝き出したのだ。

(なんだ？　何が起こっている？)

ユウキはずびゅんと飛んでカーチスたちの間に割って入った。魔法防御盾を展開、したのだが。

『おお……、おおっ！』

光が弾けた。

黒ずんでいた毛色が純白に染まる。尾はクジャクの羽のように煌びやかになり、頭にはふさふさのとさかが生まれていた。

『よもやこの期に及んで神獣へと至るとは……。むろん成りたての新米であり、そこの丸い小さな神獣の、かつての力には遠く及ばぬであろうが』

「よくわかりませんが、今まで私利私欲を横に置いてエルフたちを守ってきたのです。その献身が認められたのでしょう」

誰に？　との疑問はあるが、テキトウぶっこいている自覚はなかった。なんとなくそんな気がしたのだ。

『だが、エルフたちとの和解なくしては果たせなかったであろう。礼を言う。いや本当にありがとう！』

なんだかちょっと砕けてきたぞ？

神獣になったら何がどうなるのか知らないが、今後は守り神として活躍するのだろう。

ともあれ。

「では、最後の仕上げといくかな」

転移門を作って森の中にあるであろう、もうひとつとつなげる。

（これでふもととの往来が可能になる。そして――）

ふもとの町には、自分を知る誰かがいるはずだ。

手紙を預けた者。会話した者。

その人たちと話ができれば自分が何者かを知る手掛かりが得られるかもと、ユウキは期待していた――。

＊　＊　＊

ユウキは一度、町の中心部へ向かった。

トランクを持って舞い戻る。

急斜面を魔法カッター的なもので抉って整え、転移門の術式を構築した。

転移門と呼んではいるが、実際には暗黒の渦のようなものだ。

見た目が闇落ちしそうな感じなのでどうにかしたい。

というわけで、板を組んで作った大きな扉を嵌めてみた。周りは鉄製の囲いに見えるように幻影魔法で細工する。

(たぶんあちらもこんな風にしているはず)

いまだ記憶はあやふやだが、そんな気がするからきっと大丈夫。

「手をかざして念じれば、勝手に扉が開くようにしてあります。同じように念じるか、通る人がいなくなってしばらくすると自動で閉まるようにも」

いちおうこれで魔物が偶然入ってくることはなくなる。

ただエルフたち以外を許容すると、町を襲う輩がやってくるとも限らなかった。なので、

「これがマスターキーになります。で、こっちがスペア。開けるための鍵ではなく、転移門の開閉ができる人を登録するためのものですから、失くさないでくださいね」

呪いを解除するときに全住民の情報を得ていたので、すでに今の人たちは登録していた。今後、町の外の誰かやいずれ生まれる子どもに対して必要になるだろう。

「では、私はひと足先に転移門を通ってふもとの町へ向かいます。皆さんはいろいろ準備もあるでしょうから、のんびりしていてください」

ユウキがさらりと言ってトランクを持ちあげると、慌ててクライドが呼び止める。

「待ってくれ。もう行ってしまうのか？」

「できることはすべてやってしまいましたから。ふもとの町では以前の私を知る人がいるかもしれません。情報を得るには早い方がいいかなと思いまして」

何か言おうとしたクライドの肩をつかみ、その父カーチスがユウキの前に出た。

「ユウキ殿、数々の奇跡を起こし我らを救ってくださり、本当にありがとうございました。みなを代表して、感謝の言葉を述べさせていただきます」

深々と頭を下げると、後ろに控える多くのエルフたちも首《こうべ》を垂れた。

「多大なる恩義に見合うものを、残念ながら我らは持ち合わせておりません。それでもどうか、こちらをお納めください」

カーチスはユウキに歩み寄ると、懐から革袋を取り出した。

準備がいいな、と思ったが、おそらくはいつユウキが出ていこうとしてもいいように用意していたのだろう。

「我らの祖先がこの地へ至るときに持ってきた、当時の貨幣です。今使える保証はありませんが、換金すればいくらかにはなるかと」

この町はこれから外との交流が待っている。ならば彼らこそ持っているべきではあろうが、固辞すれば優しい彼らはもやもやを抱えて過ごすことになるだろう。

すこしでも気が晴れるなら、と。

「助かります。お金を持たずに旅していたようなので」

頬を掻いて受け取る。ずしりと重い。

カーチスたちの表情がいくらか緩んだ。

『では、我からも餞別を送らせてもらおう』

イビル・ホークは頭を後ろへもっていき、クジャクみたいな尾羽を一本、鋭いくちばしで引き抜いた。

『空を翔るそなたには不要かもしれぬが、加工すれば飛翔を可能とする魔法具になる』

「それはありがたいです……が」

なにせでかい。不思議なことに小鳥の羽ほど軽いのだが、二メートルくらいあった。

『丸めてトランクにでも入れておけばよい』

壊れたりしないだろうかと心配しつつも、言われたとおり丸めてトランクに押しこんだ。

「道中のご無事をお祈りしております。記憶が戻るとよいですな」

「ありがとうございます。ここではいろいろな体験をさせてもらえました。それ以前に、すごく楽しかったです」

そう、楽しかったのだ。

不自由極まる社畜前世、死の間際に夢見た旅の醍醐味をいくつも味わえたのだから。

ユウキはトランクを持って転移門に駆け寄ると、空いた手を扉に添えて念じる。

扉は斜面のある内側へと開いていき、真っ黒な転移門の本体が現れた。

と、ユウキは不意に思い出す。


(そういえば、マグマ溜まりにあったアレはなんだったのだろう?)


火山の噴火を抑える魔法術式を構築中、灼熱の世界に妙なものを見つけた。

そのときは保留していたが、今日になってあらかた仕事が片付いて水遊びをしていた最中にも思い出し、もう一度確認してみたところ。

(なくなっていたのだよなあ)

色は術式展開中で実際に見たわけではないので確証はないが、なんとなく黒——転移門の色よりも深く妖しい漆黒だった気がする。

（ま、気にしても仕方がないか）

どのみち高山の地下深くにあったものだから手出しできない、こともないがすごく面倒だ。

ユウキは忘れることにした。

「それではみなさん、またお会いできる日を楽しみに！」

ユウキは大きく手を振って、漆黒の闇に飛びこんだ。

最後にエルフたちの笑顔を目に焼き付けて――。


転移門をくぐると、当たり前のようにそこは森だった。

「キュキュキュゥ♪」

続けて飛び出す白いふわもこ。

「さて、町はどちらかな？」

転移門を閉じてきょろきょろすると、ご丁寧にも矢印型の案内板が立っていた。

「私の仕業だろうか？」

まさか記憶を失うなんて予想だにしていなかったと思うが、山頂のエルフたちのためにいちおう作っておいたのかも。

「ともかくあちらへ行ってみよう」

「キュキュッ！」

キューちゃんもきりりと顔を引き締める。よくわからないがなんとなく。

町へ行けばユウキを知る人がいるかもしれない。そこから自身が何者か思い出す情報が得られたなら嬉しい限り。

期待半分、不安半分。

それでもせっかく転生したのだからと、異世界を満喫しようと希望に燃える。

そんなユウキの行く手には、
バキバキバキッ。

「ブモッフォォッ！」

大木を薙ぎ倒すほどでっかいイノシシが立ちはだかるのでした——。

＊　　＊　　＊

——およそ半日前。高山の地下深く。

灼熱の世界に沈むひとつの〝影〟。

ソレは闇を統べる王であり、混沌を無限に吐き出す災厄だ。

遥か昔、地上の民では到底及ばぬその力を、神々はどうにか封じることに成功した。

しかし復活のときは近い――と思っていたその矢先。

絶対防御であるはずの殻の隙間をするりと抜けて、妙な魔法術式が〝核〟を掠めた。

頑強でないがゆえに守りを固めていた核には小さな亀裂が生まれ、あれよと言う間にヒビは大きく裂けていく。


このままでは復活どころか消滅の危機！


どうにかこうにか数日をかけ、マグマを抜けて地上へ向かう。そこは巨大な湖だった。

限界が近い。

消滅の危機を回避すべく、漆黒の殻の中で貯めこんだ魔力の多くを使ってその姿を形作った。

「おのれ……、闇を統べ混沌を吐く〝災厄の魔王〟とこのワシ、ルシフェ様をここまで追い詰めるとは……やるではないか！」

透き通るような白い長髪に、艶やかで弾けんばかりの褐色肌。赤い目をくりくり動かす彼女は見た目十歳くらいの女の子だった。

人族《ヒューム》との違いは三角の耳。ユウキのものと瓜二つだ。

「いや本気で死ぬかと思ったわい。おかげで焦って急ごしらえの躯体はなんとも貧弱なものよ。ワシの！　ナイスバディが！」

　憤慨する彼女は赤い目をギラつかせる。

「それもこれもどれも？　ともかくあやつが元凶じゃ。どこの誰かは知らんが絶対に見つけ出して食ろうてやるわ！」

　殻の中で哄笑を上げる彼女はしかし、ふと気づく。

「なんか流されとらん？　ここ湖の底よね？　なんでホワイ？」

　それはすぐ近くに不運にも、ユウキが開けた転移門があるからで。

　ただ本来は生物や流木などを吸い寄せないよう設定してあるのだが、彼女にはなぜだか反応しなかった。

　身の危険を感じて殻をパージ。生身で泳げば絶対速い！

「がばごぼげぼがぼ……」

　しかし復活したばかりで泳ぎが下手すぎ、

（うぎゃーっ！　吸いこまれるぅ〜!?）

　転移門に吸いこまれていくのだった――。

第二章　自分探しはそれとして。都会に行きたい。

巨大なイノシシと戦うのはご勘弁なのでキューちゃんを抱えて空へ飛び上がったところ待ってましたとばかりに「キシャーッ！」と飛竜が大口を開けていたので全力で逃げるユウキであった。

飛竜に見つからぬよう、樹木の上ギリギリを飛ぶ。

前方には、周囲よりも高い木々がにょっきり生え茂っているのが見えた。


おそらくは、あそこが町だ。


いったん森の中に下りる。

均《なら》されたようなそうでないような、やや凹凸はあるも幅広の道は自然にできたものではない。

近づくうち、感じた。

（これ、魔物除けの結界だな）

その内側に入ったようだ。

しばらく歩いて道を折れると、木で組まれた高さ五メートルほどの壁に当たる。大扉の右側には高櫓《たかやぐら》があって、人の気配がした。

「すみません。旅の者ですが、中に入るにはどうしたらいいでしょうか？」

通行証なんてのがあると面倒だが、いちおうお金（昔のものだがどうにかなる？）もあるからなんとかしてもらいたい。

櫓からひょいと顔が出てきた。

犬だ。いや狼か。

続けて上半身が出てきたが、人のように二本の腕を持ち、それを落下防止柵の上に置いて身を乗り出す。ワーウルフというやつだろうか？

「ん？　なんだ兄ちゃん、もう帰ってきたのか。だから言ったろ？　あの山にゃおっかねえ大鳥がいるって――」

「私を知っているのですか!?」

町の門番をしているなら顔を見知ってくれても不思議はない。問題は、どの程度のお付き合いがあったか。

目を丸くする狼さんの回答をワクワクしながら待っていると。

「知ってるも何も……ってなんだよ兄ちゃん、また忘れちまったのか？」

今なんて？

「前に言ってたんだよ。『記憶を失くしたから自分が誰かを探す旅をしてる』ってな」

「ええっ!?」

ユウキの驚きように苦笑いで応えると、ワーウルフの青年は「ちょっと待ってな」と門を開いてくれた——。


門をくぐる。ひと際高い木々が点在する中、大小さまざまな家屋が林立していた。

大樹の根元付近の地面だけでなく、やたら太い幹をくり抜いたり大枝の上に乗せたりと、巨木を有効活用しまくって多くの人が住んでいるようだ。

遥か上では枝葉が空を隠し、全体的に薄暗くはあった。しかし遠くから聞こえる声は活気に満ちていて、全体的に明るい雰囲気を醸している。

ワーウルフの青年が降りてきて、笑顔で話をしてくれた。

「自己紹介は二度目だな。俺はブルホってんだ。ここで門番やってる。で、ここは森の奥の『フリチュ』って宿場町だ。北の『テレンス』と南の『レアンド』って二つの大国を往来する連中がよく使ってるとこさ」

北にはユウキがさっきまでいた高山があり、その向こうの巨大湖をさらに越えるとテレンス首長国という大国があるのだとか。

そして森を南に抜けると、テレンス以上に発展したレアンド王国に着けるそうな。

「長距離を旅するにしては道が整備されていませんでしたね」

「お前、ホントに忘れちまってるんだな。前も同じこと聞いてたぞ?」

なんだかんだで本人なので、同じ疑問を持って当然だ。

「この森は魔物が多いからな。陸路での正規ルートは森を迂回するのが別にあんのよ。こっちは腕自慢がテメエの足で道中稼ぎながら大儲けを狙ってんのさ」

「稼ぐ?」

「魔物を狩っての素材集め。いろんな種類の薬草採取。あんまり行く奴はいねえが、山じゃ希少な鉱物が取れるって話もある。ま、いろいろだ」

ゲームやアニメなどに登場する、冒険者的な人たちだろうか?

「あの、ブルホさんは私のことをどの程度知っているのですか?」

「前に兄ちゃんが来たときも、今みたいな話をしたくらいだ。たしか『ユウキ』って名前しかわかんねえとか言ってたな。あとは……そこの妙な生き物か」

「キュ?」

「そうそう、『キューちゃん』だったな。魔物連れで旅してるから、てっきりテイマーかと思ったけど、そいつただ可愛いだけだもんなあ」

「キュキュキュゥ♪」

なぜだか嬉しそうに跳ねるキューちゃん。

「町の中には、私と話をしたひともいるのでしょうか？」

「おう。兄ちゃんに手紙を託した、例のエルフたちもいるからな。お前を見かけりゃすっ飛んでくんだろ。って、そうか、残念だったな。けど命は大切にしなくちゃなんねえ。ま、仕方ねえさ」

いまいち話の全容がつかめないが、ともかくムスベルから逃れてきた人たちに会ってこよう。

「町の中をうろついても構いませんか？」

「この町はどの国にも属さねえ自由なとこだ。悪さしなけりゃ何しても構やしねえさ」

「ありがとうございます。ではムスベル出身の方たちを探してきますね。手紙を届けたことや、他にもいろいろ話をしなくてはいけませんから」

「おう、手紙を届けたんなら連中も喜ぶってもん…………ん？　届けた……？」

「では失礼します」

ブルホが何やら驚いているようだが、ユウキはずんずんと町の中へ進んでいく。

「ちょ、おおお前！　手紙、え？　届けたって、山頂まで無事にたどり着いたのかよ⁉」

歩きながら顔だけ振り向いて答える。

「はい。ムスベルのみなさんの呪いも解けましたから、じきにそこのひとたちがこの町へやってくると思いますよ」

「えっ。呪いを解い……はあ？　ムスベルの連中がやってくるって、ええっ⁉」

この町のエルフの呪いも解いたはずだが、ブルホは知らなかったようだ。

（まあ、説明は私がするよりカーチスさんたちがそのうちするだろう）

今は自分のことを優先し、ユウキは笑みを送って再び前を向いた。

ブルホはユウキの小さな背を眺め、

「あいつ、ナニモンなんだ……？」

思わずつぶやくのだった――。


町に入ってすぐは、地上には飲食店が、大樹の幹をくり抜いたところや太い枝の上には住居が乱雑に配置されていた。

さらに奥へ進むと、今度は大きな木造りの建物。どうやら倉庫のようだ。

道行く人に話を聞く限り、二つの大国を行き来する腕自慢たちの宿場町である一方、彼らが付近で獲得した素材を集める物資の貯蔵拠点でもあるらしい。

時おりやってくる飛竜船（というのがあるそうな）に積みこみ、南北の大国へ送るのだとか。

（航空輸送技術があり、魔物を飼い慣らすこともできる世界なのか）

感心しつつ町を練り歩いていると、火口の町ムスベル出身のエルフたち三人と出会った。

彼らはユウキを見て落胆する様子をみせたものの、山頂での出来事を語って聞かせると。

「もう行って帰ってきたのか⁉」

「しかも全員の呪いを解いてくれた⁉」

「町のみんなも自由にこっちへ来られるって⁉」

盛大に驚いていた。

ここには彼らのほか、数名がいるだけだ。手紙の数と会わないな、と尋ねてみると。

「君は南のレアンド王国から来たと言っていた。そこで私たちの同胞と出会い、こちらを目指してきた、とね」

門番をしているブルホが言うには、ユウキは前世の記憶を思い出す前も、今の姿での記憶を失くしていたらしい。

この町を訪れた理由を、この町に住むエルフたちに伝えたところから、記憶喪失になったのはレアンド王国滞在中以前とみて間違いなかった。

三人にご飯をご馳走してもらって別れたあと、ユウキは歩きながら考える。

(この町ではムスベル出身者の呪いを解く以外、ほぼ何もやっていないないな)

滞在した時間は半日にも満たない。

食事をして彼らが手紙を書き終えるのを待っていたくらいだ。

(私が何者であるかを知るには、レアンド王国とやらに行ってみるのがよさそうだ)

前回記憶を失った自分に得るものがあったかは知れない。しかし『あったかどうかを知る』だけでも今の自分には有益だ。

大国というくらいだから栄えているだろう。であれば人は多い。多くの中から知り合いを探すのは大変だが、逆に自分を知る者の絶対数も多いと考えられる。

そしてなにより。

（人が多い……それすなわち都会。都会かあ……）

異世界の都会に、俄然興味が湧いた。

「キューちゃんは都会が苦手だったりしないかな？」

「キュキュキュ♪」

楽しそうな様子から、前に訪れたときの高揚が伝わってくる。

「よし、じゃあ都会を目指そう！」

「キュゥ！」

次なる目的地が決まった。

「と、その前に」

ユウキはトランクを持ちあげた。

この中には、神獣に至ったイビル・ホークからもらった尾羽が入っている。

(たしか、加工すれば空を飛べるアイテムになるそうな)

ユウキは飛翔魔法を使えるが、それは女の子の姿をしているときだけだ。

たぶん寝て起きたら男の子に変わり、驚異的な身体能力を発揮できる代わりに魔法の力を失ってしまう。

(なんとなく作れる気がするな。やっておくか)

ユウキは人目を避け、大樹の根元に腰を下ろして尾羽を取り出す。

フード付きのマントを脱いで地面に広げた。尾羽を上に置き、両手をかざして魔力を練り練り。

あーだこーだと試行錯誤するうち、

「うん、できた！　ような気がする……」

尾羽がマントに埋めこまれ、刺繍したような感じになった。

マントを羽織る。トランクを持ち、キューちゃんを抱え、魔力を使わず空を飛ぶイメージを頭の中で描いてみた。


ズビュン！

「わひゃ!?」

「キュア!?」

真っ直ぐ上に射出され、枝葉を突き破って上空へ。

「うひょぉおおぉぉおお〜!?」

「キュキュゥ〜♪」

そのまま南へ向かって飛んでいった――。

*　　　*　　　*

火口の町ムスベルでは、町の外へ出かける準備に追われていた。

ふもとの町へは食料などを土産にし、友好的に接触しなければならない。一方で舐められてはならないので力自慢が体を鍛え、基本的な魔法が使えるほど訓練を積んでからだ。

湖の魚は大きく身が引き締まって美味い。

土産のひとつに干物でも、と釣りに出向いた者が妙なものを見つけた。

ぷかぷか水面に浮く、見知らぬ誰かだ。しかもすっぽんぽん。

警戒しつつも見た感じ子どもほどの背丈であったため、慌てて救助して服を着せてのち、念のためロープで縛って町長カーチスの家へ運ぶ。

「ふはははっ！　ワシに対するこの扱い、実に不敬であるがそれはそれ。救助ご苦労。その功績に免じて不問と致す！」

褐色肌で真っ白な髪をした、赤い目で妙な物言いの女の子。

カーチス以下、数名が彼女を囲んで唖然とする。

「む？　言葉は通じておろう？　貴様らの話しぶりから使用言語の切り替えはできておるはずじゃが？　はずじゃが⁉」

「いや、まあ、言葉はわかるのだが……。君はどこの誰で、どうして湖に浮いていたのかな？」

カーチスがやんわりと尋ねる。

「うむ、よくぞ聞いた！　闇を統べ混沌を吐く〝災厄の魔王〟ルシフェ様とはワシのことよ！　よくわからんが滝から落ちたワシである。ホントになんで？」

カーチスたちは事情がさっぱり呑みこめない。見た目幼い女の子が『魔王』を名乗っても残念な感じしかしなかった。

腹を空かせているようなので縄を解いて食事を振る舞う。

この町の成り立ちを説明し、

「ほほう？　神の呪いとな？　神ってわりと理不尽よね。その点ワシは下僕どもに週休二日、サビ残ナシのホワイト環境を提供しておったよい魔王。一宿はまだじゃが一飯の貢に報いるのも吝《やぶさ》かではない。うわーっはっはっはもぐもぐもぐ、これ味ちょっと薄くない？」

さらについ最近、呪いが解けて町が救われた話をしたところ。

ギラリと、赤い双眸が妖しく光る。

「ユウキ……なるほど、そやつが我が眠りを妨げし者か」

「眠り……？」

「くっくっく、只では済まさぬぞ。さっそくそやつを捕らえ、女に生まれたことを心底後悔するほど、あんなことやこんなことをたっぷり味わわせてやろうではないか！　そして最後はワシが食べちゃう。ペロッとね」

哄笑を上げるルシフェだったが、次の瞬間には目がトロンとして。

「あ、ごめん。ワシもう眠い。寝かせて……」

ころんと床に転がり、ぐーすかと寝てしまった。

なんだかよくわからないまま、カーチスたちは彼女をユウキが使っていた客間に寝かせるも。

＊　　＊　　＊

翌朝様子を見に行くと、客間はもぬけの殻になっていた――。

目を覚ますと男の子になっていた。

陽が傾きかけたところで徹夜していたのを思い出して寝ようと決めたユウキは、身の丈ほどの草が生い茂る中、周囲を魔物除けの結界で覆い、寝袋タイプに変化してくれたキューちゃんの中で眠りにつく。

そうして朝日に起こされ、自身の状態を確認したらやはり、男の子の姿に変わっていた。

「寝て起きると性別が入れ替わるのは確定だな」

実際のタイミングは寝ていたからわからない。寝た直後か、起きた直後か。

寝袋（キューちゃん）から這い出て、数メートルを歩く。

「結界はまだ残っているな」

魔法の力を失っても、事前に作った魔法的な何かが消えることはないようだ。地脈を利用したわけではないので、術者《ユウキ》の魔力が使われていると推察される。

結界自体もなんとなくこの辺にある、というのがわかる。

そこへ手を添え、消えろーなどと念じてみると、

「……消えた、かな？」

それくらいは男の子の姿でもできる、ということか。

魔力そのものが消えている感じもない。おそらくこの姿だと、魔力を練ったり魔法術式に利用したりが難しくなっているのだ。

（もしかしたら、肉体を強化するのに使いまくっているのかもな）

今のところ解答は得られそうもない。

ユウキはトランクの上に置いたマントを羽織った。

空を飛べる魔法のマント。女の子の姿だと、むしろ制御がままならずに翻弄されまくった。（なので途中からは飛翔魔法で飛んできた）

今の自分に扱えるかどうかを試してみたい。たぶん空から落ちても大丈夫な肉体だから、大胆な検証ができるはず。ちょっと怖いけど。

ふわりと浮いてみた。

ロケットみたいに射出されることなく、ふわふわ浮く。体の各所に力を入れたり抜いたりしてバランスを取った。

（この姿だと力の入れ方がこなれているな）

だから多少無理やり感はあるものの、制御できていた。

空高く舞い上がり、あっちこっち飛び回る。旋回やら錐揉みやら、慣れてくると自由自在だ。

「キュ～……ワフワァ……」

キューちゃんが眠そうに片耳で目を擦りつつ、元の姿に戻った。

ユウキはそのすぐそばに降り立つ。

「あの丘を越えると大きな町が見えた。道中で聞いた王都だろう」

キューちゃんを抱え、トランクを持ち、

「それじゃあ出発だ」

いざ都会へ。ユウキはびゅおんと飛び出した――。


レアンド王国の王都レアドリス。

高い城壁に囲まれた、直径二十キロに及ぶ円形に近い大都市だ。中央には大きなお城がそびえ立ち、放射状に道が延びて区画整理されていた。

上空から見下ろすユウキは、さてどうやって入ろうかと考える。

道中、村や町があったので情報収集したところ、王都へ入るには『通行証』が必要なのだとか。なければ門兵に連れていかれ、半日近く監禁されて身元の尋問やら大金を支払うやら面倒この上ないそうな。

(お金はエルフたちからもらった古い貨幣でどうにかなるかもしれないが……)

記憶を失っている現状、どこの誰かと問われても困るし、その場合は中へ入れてもらえないかもしれない。

仕方ない。ずびゅんと真下へ落下する。

人気のない裏路地の地面すれすれで急停止。風が同心円状にぶわっと広がり埃を吹き飛ばした。

「誰にも見られていない、といいのだが……」

なるべく自然に、それでいてフードを目深に被って大通りへと歩いた。

「おぉ……、人がたくさんいるなあ」

朝も早い時間だというのに、広い道の両側を多くの人が行き交っていた。真ん中は馬車が緩やかに往来している。

「種族もいろいろだな」

大半は人族《ヒューム》のようだが、獣人や人とは違う大柄な種族（角があったり）も目に付いた。荷車を引くのも馬だけではなく、牛っぽい生き物や大きなトカゲみたいなのもいる。

「さて、彼らはいるだろうか？」

ユウキは前世の記憶を思い出す代わりに、今の記憶を失っていた。しかしそれ以前にも自分は記憶を失くしていたらしい。

自分が何者であるのか？　その答えを探す旅をしていたそうだ。

大都市でかつての顔見知りを探すのは困難を極める。

しかしこの街にも、ユウキが呪いを解いた火口の町ムスベル出身のエルフがいるはずだ。

ユウキはじぃっと、人波を観察する。

耳の長い種族を探し、その人に声をかけるためだ。

いきなりムスベル出身者に当たる幸運は期待していない。

けれど人族が主体の大都市なら、少数種族が独自のコミュニティを築いている可能性は高い。前世でいえば中華街やそんな感じ。

「キュ？　キュキュッ！」

腕の中のキューちゃんが片耳で『あっちあっち』とでも言いたげに耳指した。

エルフを見つけたかな？　とそちらに目を向けると。


「逃げろ！　暴れ地竜だーっ！」


大きなトカゲがドドドドッとこちらへ駆けてくるのが見えた。

往来する人たちがパニックを起こす。押《お》し合い圧《へ》し合い、我先にと逃げ出す中で。

「きゃっ!?」

若い女性が道へと弾き出された。運の悪いことに、大トカゲのまさに進行方向だ。

「はわわわわ……」

腰を抜かしているのか、女性はしりもちをついた状態で固まっている。

（ん？　あの耳は……）

短いスカートを穿いた、金髪のショートカット。そこからぴこんと出ている耳は、エルフほど長くはないが、三角耳のユウキよりはすこし尖っている。

（騒ぎに飛びこんで目立ちすぎると、通行証がないのがバレる危険がある）

衛兵や警備兵がやってきて、どこの誰かと聞かれてはたまらない。

――だからといって、見過ごすなんてできない！


ユウキはびゅおんと飛び出し、女性と大トカゲの間に立った。キューちゃんとトランクを静かに下ろし、大トカゲに正対すると。

がしっ。

前脚の一本を抱えるように受け止め、

「ほいっ」

ぐおんと持ち上げ投げ飛ばした。ドドォン、と大トカゲは背中から落ちる。

「ひょえぇ～!?」

エルフっぽい女性は腰を抜かしたまま飛び上がる。

そちらはいったん置いといて。

「乱暴してすまなかった。しかし君もすこし落ち着きたまえ」

ひっくり返ったまま目をぱちくりさせる大トカゲ。

「キュキュ、キュゥ～キュッ」

ぴょんぴょん跳ねるキューちゃんをぎょろりと目で追って、ぐるり。身を捻った。正常な立ち位置になると、ぺたんと体を突っ伏す。

どうやら落ち着いてくれたらしい。

「な、なんだあのガキ」

「地竜を持ち上げやがった」

「そして投げ飛ばしたぞ」

「なんて力なの」

「かっけぇ！」

ものすごく目立って恥ずかしい。

ユウキは衆目から逃れるように、女性へと近寄った。

「お怪我はありませんか？」

大トカゲからは無事だったが、人波に弾かれたときに足でも挫いていたら大変だ。

女性は涙目をぱちくりさせると、

「へ？　ぁ、ユウキ、君……？」

なんと、ユウキの知り合いらしいではないか。

地竜がぼんやり寝そべり、辺りが騒然とする中、衛兵が駆けつけて職務質問をされると厄介だ。ユウキは正規の通行証なしに王都へ立ち入ったので。

「すみません、ちょっと来てもらえますか」

「へ？　ひょわわっ」

まだ腰を抜かしていた女性を肩に担ぎ、トランクを持って飛び上がる。キューちゃんは頭の上にのっかった。

高い建物の上を伝って人気のない裏路地へ降り立つ。

「ど、どうしたの？　いったい……。はっ!?　もしかして、また通行証なしで街に入ったとか？」

記憶を失くしても同じ人物。やることは一緒だった。

ひとまず現状を説明する。

「また記憶を失くしたの!?」

以前のユウキを知る者の反応は同じらしい。

「ではあらためまして。私はエマ・セリエル。この街の交通局に勤めています」

女性――エマは砕けた口調から一転、丁寧にあいさつしてお辞儀した。

キューちゃんがぴょんと跳ねて彼女の胸へ。

「あはっ♪　キューちゃんも久しぶり。元気にしてた？」

「キュー♪」

「はわぁ〜、このもふもふ感、癒されるぅ……」

エマはキューちゃんを抱いて蕩けた表情になるも、ハッとして表情を引き締めた。

「し、失礼しました。それから私、ハーフエルフでもありまして、この街の『エルフ族会』の事務局でもお手伝いをしています。以前ユウキさんとはそこで知り合いました。ご自身の耳のかたちがエルフに似ているから、との理由で立ち寄ったんですよ」

「なるほど。ところでエマさん、以前の私に接するのと同じ感じでお願いできますか」

「えっ。ああ、はい。前は話す機会が多くて、いつの間にか友人というかお姉ちゃん目線というか……うん、こっちのほうが話しやすいかな」

「それで構いません」

「だったらユウキ君も丁寧な言葉遣いはやめてほしいなー。お互い、わりと気さくに話してたんだよ？」

そうなのか。

しかし実感的に初対面で見た目年上の人にフランクな言葉遣いは躊躇《ためら》われる。が、エマがいいならと口調を変えることにした。

「できれば以前の私についていろいろ訊きたいのだが、いいかな？」

「それは構わないけど……私これからお仕事なんだよね」

うーん、と何やら考えてから。

「今日は顧客対応が入ってないし、ユウキ君がお客さんとして来てくれれば私が対応するけど、どうかな？」

「お客？」

「交通局って旅行の案内もしてるの。旅人のサポートもお仕事のひとつだから」

旅行代理店のようなものだろうか。

「ではお願いしようかな」

「うん、あ、でもさすがに遅刻かなあ……」

がっくり肩を落とすエマを、

「ほわっ!?」

ユウキはひょいとお姫様抱っこして。

「職場はどっち？」

「へ？　ああ、大通り沿いをあっちに真っ直ぐ、だけど……ひょわ!?」

ユウキは頭の上にキューちゃんが乗るのを待ってから、ぴょんと飛び上がった。

屋根伝いに建物から建物へ。

「こ、この辺りで！」

エマの言葉に裏路地へ降り、何食わぬ顔でエマの手を引き大通りに戻った。

「す、すごいね。さっきの暴れ地竜にもそうだったけど、ユウキ君って冒険者だったり？」

どうやら前に会ったときは力を隠していたらしい。今さらなので言い訳できなかった。

「ああ、でもムスベルのエルフの呪いを解いてたっけ。私はユウキ君がいなくなってから知ったんだけど、その人たち、すごく感謝していたよ」

大通りを進むと、五階建ての大きな建物にエマは入っていった。

ユウキはキューちゃんを抱えてその後に続く。

一階は広い受付ロビーになっていた。

いくつも並ぶ受付カウンターの向こうでは、様々な種族が同じ服を着て働いている。

ロビー側は長いソファーがいくつも配置されていて、朝早くから多くのひとで賑わっていた。

「ぎりぎり間に合ったぁ」

壁にかかった時計を見てエマは肩の力を抜く。受付の同僚と何やら話すとユウキを手招きした。

「VIP用の応接室が空いてたから使わせてもらうことにしちゃった」

ぺろりと舌を出すエマに連れられ、二階の一室に通される。

革張りのソファーとガラス製のローテーブルが中央に置かれ、壁にはよくわからない奇妙な絵画が飾ってあった。

エマが飲物と菓子を準備し、向い合せて座る。

今回記憶を失ってからの顛末をユウキは語って聞かせた。

「ムスベルを解放……自由に往来できるようにしたってそれすごすぎないかな⁉」

「できることをやっただけで……」

「いやいやいや！　それに山の主と和解して、イビル・ホークが神獣に？　もうなんていうか、理解が追いつかないよ……」

エマはぐるぐる目になってのち、「待って。でもそれって……」なにやら考え始めた。

「うん、高山の頂にある火口の町で、神獣もいる。絶景と神獣を拝めるツアーが組める！」

「観光スポットにするのか？　しかしムスベルの人たちに迷惑をかけたくないので、それはどうなんだろう？」

「もちろん町の人たちの生活を荒らす気はないよ。今まで閉ざされていた彼らが、これからお金を得る方法はあったほうがいいと思う。お互いの利を模索する話し合いはきちんとするつもり。私だってエルフの血を引く者だもの。エルフ族会も協力してくれるしね」

すくなくともエマは信頼できる人物だと思う。

「まあ、何かよからぬことがあれば神獣になったイビル・ホークが黙ってないだろうし」

「だ、だよねー」

エマはちょっと顔を引きつらせる。

「彼らと交渉するときは私の名前を使っても構わない。ただ本当に、彼らの生活を乱すようなことはしないでほしい」

「はい、肝に銘じておきます」

真摯な眼差しを向ける彼女に、この人なら大丈夫だと確信する。

続けて自分の話を聞かせてもらった。

エマは、以前ユウキが王都に滞在していたのは三日だと語る。

そのときに聞いたユウキの最後の記憶については。

「王都からずっと南にある深い森の中で、キューちゃんを抱えて立ち尽くしていたそうよ。なぜ自分がそこにいて、何をしていたのかもわからず、自身が何者かすら思い出せなかったみたいね」

以降、森を彷徨う中で人に会い、人の多い王都に行けば自分を知る誰かがいるかもしれないと向かったらしい。

そして特徴的な耳から、近そうなエルフ族会を訪ねたのだとか。

「ハーフエルフにしろクォーターにしろ、ユウキ君の耳はエルフとはすこし違ったの。ドワーフや妖精系の種族にも当たってみたけれど、特定するには至らなかったのよね」

様々な種族の血を引いていると仮定すると、今度は特徴が少なすぎる。

「たとえばなのだが、男と女が入れ替わるような特徴を持つ種族はいないだろうか？」

エマがくすくすと笑う。

「前も似たようなことを訊いていたよね。『寝て起きたら』とか。『そんなの神様くらいじゃないかな』って私が答えたら、ユウキ君ってば『ですよねー』って笑ってたなあ」

以前の自分は男女入れ替わる体質を誤魔化していたようだ。

「神は男女が入れ替わるのか？」

「お？　今回はそこ食いつくんだ。というか神様って本来姿が定まっているものじゃないから、地上に降りてきたら自由自在って感じかな」

どうやら自分は神的な何かではないらしい。すこしホッとした。形而上的存在なんて畏れ多くて持て余す。

「ではムスベルの住民の祖先を導いたという『御使い』だか『賢者』だかは何者なのだろう？」

「うーん、その手の伝承は各地にあるからね。ムスベルにしても、そこで伝えられている以上の話はないかな」

大昔の人物と自分を重ねるのは無理がある……とも言いきれないのが面倒なところだ。

世間話の範囲で聞いたところによれば、エルフの寿命はおよそ二百年、他にも千年を生きる種族がいるのだとか。

（自身の出自に興味はあるが、それにこだわるというのもなあ）

もとより行く当てのない人生。旅の目的として据える程度で十分だろう。

「私は以前滞在した三日間で、自身について何か得たものはあったのだろうか？」

「聞いてないなあ？　ユウキ君ってば、ムスベルの話を聞いてからそれにかかりっきりだったみたいだし」

やはり自分は自分であるらしい。自身が何者かにそれほど執着していなかったようだ。

「あとでエルフ族会にも顔を出してみない？　みんな会いたがってるよ。あ、それから――」

エマは満面の笑みを浮かべる。

「もうすぐ王都で建国千年の祝賀行事があるの。それまでゆっくりしたらどうかな？」

「祭り、か。いいタイミングだな」

「うん。もしかしたらそれ目当てに戻ってきたのかと思ったけど、また記憶を失くしているんだもの。びっくりしちゃったよ」

祝賀行事が始まるのは一週間後からで、大小さまざまなイベントが一ヵ月ほど続くらしい。

興味はある。すごくある。しかし――。

（滞在するには費用が必要だ。うーむ……）

ユウキはトランクを開け、ムスベルの町長カーチスからもらった革袋を取り出した。

「これはこの街でも通貨として使えるだろうか？　できなければ換金したいのだが」

ローテーブルの上に置いて革袋を開いてみせる。

エマは険しい顔つきになり、中から一枚をつまみ上げた。ひくひくと頬を引きつらせる。

（大して価値のない旧貨だったかな？）

それでも町の宝だったに違いない。換金率が低くても大切に使わせてもらうつもりだ。

ところが。

「こここここれ建国当時の王国通貨じゃないかなあ!?　しかもこんなに!?」

「価値はどうなのかな？」

「建国千年のこの時期だからね。国中からかき集めても数枚だったって話だから、これだけあれば一等地に豪邸が建つよ！」

「困ったな。着の身着のままの旅に、そんなにたくさんは必要ない」

「そこ困るとこ!?」

無一文でのぶらり旅なら、訪れる先でアルバイトなりして日銭を稼ぐのも醍醐味のひとつ。

「すこしだけ換金したら、ムスベルに返しておこう。エルフ族会でその辺りをお願いしたいのだが可能だろうか？」

「それはまあ、エルフの誇りにかけて責任は果たさせてもらうけど……本当にいいの？」

「これほどの価値があるとは知らずに私にくれたものだ。もらい過ぎは気が引ける」

「君はこれ以上のことをやってのけたと思うんだけど……」

エマは渋々ながら承諾した。

ただし自分が扱うには高額すぎるので、ユウキに「ちょっと持っててね」と金貨を二枚だけ取り出して部屋を出ていった。

しばらくして紙束を抱えて戻ってくると、ローテーブルの上に持ってきた革袋を置いた。じゃらりと小気味よい音が鳴る。

「やっぱり最初期の王国通貨だったね。課長が飛び上がって喜んでたよ」

ユウキは袋の口を開いて中を覗く。

「けっこうな額、だよな？」

「それだけあれば一ヵ月は王都で宿暮らしできるよー。あと、これは通行証ね。王都を出るとき門兵に渡すまではしっかり保管しておいて。失くすといろいろ面倒だから」

四角い紙を渡される。なぜか『再発行』の文字がでかでかと書いてあった。

はたして正規の手続きで発行されたものだろうか？　あえて訊くのはやめておいた。

「宿のほうも見繕ってきたんだけど、しばらく滞在するよね？」

エマは紙束を置き、数枚を並べた。

一週間後には建国千年のお祝いが始まる。祭りなら見てみたかった。うなずくと、

「宿はいくつか候補があるけど、ひとつに絞る？　それとも転々としちゃう？」

「寝られればいいので、安い宿をお願いしたい」

「うん、ユウキ君はそう言うと思って……これなんかどうかな？」

中心部からはすこし離れた小さな宿だ。一階は酒場になっている。

「じゃあこれで」

「相変わらず決断が早いなあ」

苦笑いするエマに不思議な感じを覚える。

感覚的には初対面なのに、彼女はユウキの性格をよく知っていた。


その後、宿に案内された。

外観は思ったよりもみすぼらしくなく、昼には少し早いが酒場の厨房からいい匂いが漂って鼻先をくすぐる。

悪くない。むしろいい。

なのですぐさま宿泊の手続きを始めたかったのだが。

「ごめんなさいねえ。ペットをお連れの方はちょっと……。それに貴方、子どもでしょ？」

受付の女性（たぶん人族）が申し訳なさそうに言った。

慌てたのはユウキではなく、この宿を紹介したエマだ。

「えぇ!?　今までそんな条件はなかったじゃないですか！」

「もうすぐ千年祭だからねえ。場末の宿でもお客様は選ぶことにしたのよ。ほら、最近は警備も厳しくなってるでしょう？　目を付けられるのは避けたいのよねえ」

国を挙げてのお祭りだ。警備は厳しくて当然だし、妙な連中を泊めたくない事情は理解できる。

「ユウキ君は見た目こそ子どもですけどしっかり者です。キューちゃんはペットじゃありません。交通局の私が保証します！」

食い下がるエマに、受付の女性は困り顔だ。

「ペットではなく、大人が同伴なら問題ありませんか？」

ユウキが尋ねると、先にエマが「え？　もももしかして私!?」と動揺した。

「それなら、まあ……」

こちらもちらりとエマを見やるも、彼女に迷惑はかけられない。

「キューちゃん、お願いできるかな？」

「キュキュ。キュゥ～ワッ！」

掛け声とともにその姿が変貌する。ウサ耳白バニーの再演である。

「キューちゃん女の子だったの!?　てかえっち！　衣装が破廉恥すぎるよ！」

「ダメですか？」

「キュキュ？」

受付の女性は人型になったキューちゃんを上から下へと眺め、

「ま、それならいいでしょ」

「いいんだ……」

ひとまず宿の問題はクリアした。

一階の酒場で早めの昼食をとる流れになる。

「キューちゃんの分の通行証も発行しなくちゃだね。そういえば君って何を食べるのかな？」

「キュキュ？」

椅子に座るウサ耳白バニーは主に男性客の注目を集めていた。

「食べるところを見たことがない」

「えっ、それ大丈夫なの？」

「本人には何度も確認したが、食べようとはしないんだ。普段の状態では口があるのかどうかも怪しい」

「そ、そうなんだ……不思議な生き物だよね」

「イビル・ホークは『神獣の成れの果て』と評していたな」

「力を失った神獣……ってことかな？　すごいお供を連れていたんだね。変身できるのも今日初めて知ったし」

実際に神獣だったかは定かでないが、その力の一端とやらはたしかに驚くべきものだ。

注文をしてしばらく。料理が運ばれてきた。

パエリアのような、魚介類がふんだんに入った米っぽいものが主体となった料理だ。

前世感覚では懐かしい米系の食事を、ユウキはがつがつ食らう。

「キューちゃんは上に何か羽織らせたほうがいいと思う」

「うん、それがいいだろうな。あまり目立ちたくはない」

「だね。さっき受付のおばさんが言ってたけど、警備兵に目をつけられると大変だから」

エマは大きくため息を吐き出す。

「ユウキ君は忘れちゃってると思うから説明すると、今回のお祭りは千年の節目ってだけじゃなくて、王国の力を周辺諸国——特に北の『テレンス首長国』へ見せつける意図がアリアリなの」

テレンスは数年前にトップが入れ替わり、軍備を増強していると噂されていた。

一方のレアンド王国は世継ぎに恵まれておらず、近隣ではもっとも強い軍事力を誇るも陰りが見え始めていた。

だから千年祭で『今も豊かで強いんだぞ』と周りにアピールしたいようだ。

(ま、国同士のいざこざなど私には関わりのないことだ)

だがユウキは知らなかった。

千年祭を揺るがすような脅威(?)が、近づいていることを——。


——そのころ。火山のふもと、森の宿場町フリチュでは。

「ほほう? その『ユウキ』なる女子《おなご》はたしかにここへ来たのじゃな?」

赤い瞳をギラつかせ、高櫓にいるワーウルフの青年ブルホを見上げるのは、白い髪で褐色肌の女の子——自称『闇を統べ混沌を吐く〝災厄の魔王〟』ルシフェである。

「女……? いやまあ、ユウキはそう見えなくもねえが……」

ブルホは首を捻る。

「して？　そやつはどこへ向かったのじゃ？　庇い立てするならその四肢をもぎ、舌を抜い――たらしゃべれなくなるからそれはストップ。ともかく！　隠すとためにならんぞぉ？」

「どこへ、って言われてもなあ。知らない間にいなくなってたんだよ。直前にムスベル出身のエルフたちと話してたらしいが……ああ、ユウキは前にレアンド王国から来たとかなんとか話したそうだぞ？」

「くっくっく、レアンド王国か…………それってどこじゃ？」

「森を南に抜ければ国境だ。行くとしたら王都のレアドリスかな？」

「情報提供、大儀である！　その殊勝さに免じて我を見下ろす不敬は許した。ふふふ、待っておれよユウキとやら。我が眠りを妨げ、あまつさえ死の崖っぷちに追いやった罪は絶対に許さぬ。こてんぱんにしてやるからなー！」

ルシフェはぴゅーっと駆け出した。森の中へと消えていく。

「なんだったんだ……？」

ブルホは暗い森の木々を眺めつつ、首をひねるのだった――。

＊　　＊　　＊

一夜が明けた。

昨日は昼食後、エマに連れられエルフ族会の拠点を訪れた。

ムスベル出身者にとても感激されつつも、特に自身の出自について有力な情報は得られなかったのは残念だ。

それでも彼らは前回訪れて以降、ユウキについて調べてくれていたらしい。

一点、有力かどうか判断に困る情報を得た。


『君が記憶を失くした時期と場所で、散発的な地震があったそうだよ』


そこを起点にして魔物たちの一部が外へ向け大移動し、森の住人も不安がっていたそうな。

(とんでもない化け物と戦っていたとか、禁断の大魔法を使ってしまったとか……)

可能性はあるが、深い森の奥で直接の目撃者は見つかっていないから確認のしようがない。

(思い出してくれるのを待つしかないな。それよりも――)

ユウキはベッドから飛び起きる。キューちゃんがコロンと転がったので謝った。

「観光に行こう!」

「キュキュ!」

キューちゃんはふわもこ形態から「キュワ!」と変身。ウサ耳白バニーの姿になる。

昨日エマに選んでもらったロングコートで大胆な衣装を隠す。

ユウキは女の子用の肌着を身に着け準備完了。キューちゃんを連れて一階の酒場スペースへと降りていった。


軽い朝食を済ませ、大通りへと繰り出す。

宿は王都の中心部からけっこう離れた城壁に近い側だ。

「まずはあそこを目指すか」

遥か向こうにそびえ立つ、立派なお城。区画整理がされているので大通りをまっすぐ進めば王城にたどり着くはず。

昨日はエマと一緒に宿までの移動に乗合馬車を使ったが、この時間はかなり混雑している。

(満員電車は前世で慣れてはいるが……)

いい思い出とは言い難い。

ユウキはキューちゃんと並んで、元気よく歩き出した。

——その三十分後。

「はぁ、ふぅ、はぁ、ふぅ……っ、疲れた……」

女の子の姿では人並み以下の体力だというのを甘くみていた。道のり半ばでしゃがみこむ。

(かといって魔法で飛んでいくわけにもいかない)

通行証を手に入れたとはいえ、なるべく目立たず観光がしたい。

乗合馬車が選択肢として最有力ではあるのだが。

「目標を遠くに置きすぎたかな」

大通りの端っこに移動して辺りを見回した。

石造りの三階から五階建ての建物が連なっている。宿近辺よりも重厚で古い建物が多く、それでいて小ぎれいだった。

人族を中心に様々な種族が通りを行き交い、建物に入っていく。

（商店街というより、商業地といった感じか）

昨日、交通局やエルフ族会の建物に入ったので、きっと中は似たような作りだろう。

さて、ここでぼんやりしていても始まらない。

「うん、やはり使えるものは使わないとな」

乗合馬車に乗ってみた。

中心部に近寄ったからか、ぎゅうぎゅう詰めではない。真ん中が通路になって左右に二席が並んでいて、幸運にもキューちゃんともども座れた。

石畳はでこぼこしているので乗り心地が良いとは言えないが、ガタゴト揺られながら景色を楽しむ。

同じような建物に見えて、微妙な違いが面白い。運送会社は車輪のロゴ、飛竜船の会社は大きな翼が目印だ。大口を開けた魚の看板は食料品を扱うところか、釣り関係か、はたまた海運系か。

想像するのも楽しかった。

目的地に着いた。

乗合馬車を降りると、そこは開放感のある大きな広場だった。

「おぉ……近くで見ると迫力があるな」

どどーんとそびえる大きなお城。真ん中のとんがった部分で百五十メートルはありそうだ。

左右にはそれより低いが相当な高さの尖塔があり、地上階部分は東京ドームに匹敵する広さに感じた。

巨大な鉄の門扉の前には兵士たちがずらりと並んで背筋をぴんと伸ばしている。

鉄格子のような外壁なので中は見通せたものの、門から城へと続く並木道以外はもっさもさの森みたいでよくわからなかった。

（写真、撮りたいな）

しかしそんな文明の利器があるはずもなく。

（魔法でどうにかならないだろうか？）

左右の人差し指と親指で枠を作り、お城の上部をその中に収めて眺める。

（……なんか、できそうな気がしてきたぞ？）

意識を集中し、指で作った枠の中を切り取るイメージを――。

カシャッ。

「なんか鳴った⁉」

実際に音が出たわけではなく、ユウキの頭の中でのイメージが強化された結果だ。前世の記憶からふさわしい音が選ばれたのだろう。

写真が撮れたのかな？　と今度はそれを目の前に表示するイメージを思い浮かべた。

眼前に四角い枠が現れる。そして今しがた指の枠に収まっていたお城の上部、尖った部分が浮かび上がる。デジカメの画面みたいだ。

「おおっ、すごいなこれ」

まさか異世界で写真が撮れるとは。

と、きゃっきゃとはしゃぐユウキを不審に思ったのか、門の前にいた兵士数名がじろりとにらんできた。

慌てて画面を消す。

何食わぬ顔で移動し、こっそりとカシャカシャ撮りまくる。指で枠を作らなくても、虚空に表示画面と同じような枠を作り出せばよいらしい。

「もしかして動画も撮れたり？」

広場を移動しつつ、隣を歩くキューちゃんに魔法的な枠を向けた。

「キュキュ？」

「うん、そのまま歩いて……にっこり笑顔！」

「キュ♪」

ウィンクまでしてノリノリのキューちゃん。

「すごい！　ちゃんと動画も撮れている！」

小さな画面を作って体で隠しながら二人して覗きこむと、お城をバックにキューちゃんの動きがきれいに撮れていた。

「うん、何度も再生できるな。ん？」

繰り返し見ていて、ふと気づく。


「女の子……？」


キューちゃんの背後、お城から離れるように駆けている小さな子の後ろ姿が映っていた。

煌びやかなドレスの裾を持ち上げ、お嬢様風でありながら大急ぎで走っている。金色の長い髪が忙しなく跳ねていた。

その子が向かった方へ目を向けても、すでにその姿はなく。

「年齢は私よりも下。一桁かもしれないな」

迷子であれば放ってはおけない。

「キューちゃん、念のため探しに行こう」

「キュゥ！」

ユウキはほんのわずか、体を浮かせた。

走るのは疲れるし遅いので、飛んでいるとは思われないように。

両足をバタバタ動かしつつ、すいーっと地面すれすれを滑空する。


しばらくののち、お城の中が上を下への大騒ぎになる。

幼い姫君が、消えてしまったのだ——。

*　*　*

女の子が走り去った方へ向かうと、多くの人で賑わっていた。ユウキが来たのとは別の大通りで心持ち広い。

この人波の中で見つけられるか心配したが、ドレスのスカートを持ち上げての独特な走法はかなり目立つ。衣装そのものも道行く人たちとは違い過ぎるので、わりと簡単に見つかった。

大通りの壁際をこそこそと駆けている。

ただ、妙ではあった。

(なんだか、ぼやけて見えるような……)

透けて見えると誤解するほど、周囲に溶けこむような存在感のなさ。

(誰も彼女を気に留めてもいないな)

危うく正面衝突しかけても避けるのは彼女ばかり。ぶつかりそうになって初めて相手は驚く。相手はすぐ近くに来るまでまったく気づいていない風だ。

(認識を除外する系の魔法か)

今のユウキは魔力の感知が優れている。女の子から魔法的な何かを感じ取った。

ともかく放っておけばそのうち誰かにぶつかってケガをしてしまいかねない。

ユウキはずびゅんと追いついて、

「君、ちょっといいかな?」

彼女の細い手首をつかんだ。

「はわわぁ!　なななんですかあなたはぁ!?」

まあ驚くよね。ということで、ちょうど路地があったのでそこへ連れていき、向き合った。

「突然すまなかった。私はユウキ。旅の者だ。君に尋ねたいことがある」

女の子は絶賛警戒中だ。しかし歳が近そうなユウキにではなく、

「キュ?」

ウサ耳コートのお姉さんを凝視していた。

「兎人族《ワーラビット》のハーフ……ですの? 獣人系の種族と人が結ばれるなんて……」

女の子はくわっと目を見開いて、

「ロマンチックですわ!」

叫び、恍惚とした表情になる。

「ああ、見た目がまったく異なる種族同士、愛する者たちの前には多くの障害が待ち受けていたことでしょう。それでも二人は固く手を取り合い、愛の結晶を育んできたのですわね」

その後もぶつぶつと架空の愛の軌跡を語り出したので、ユウキはキューちゃんのコートを剥がした。大きな胸がぼよんとはじけて衣装から零れ落ちそうになる。

「なんて破廉恥!?」

「キュワ」

「まん丸になりましたわ!?」

ひとまず妄想トリップから戻ってきたようなので、ユウキは問う。

「君、何から逃げていたのかな?」

びくっと女の子の肩が跳ねた。

「やっぱりそうか。となると……家出？」

またもびくっと小躯が跳ねる。

「な、なんのことですの？　わたくし、お散歩をしていただけですわ」

思いきり顔を背けて頬を引きつらせている様子から、見事的中したとユウキは確信する。

「どれほどの期間を予定している？」

「へ？」

「泊りとなれば雨露をしのぐ必要があるが、今は子ども一人を泊めてくれる宿を見つけるのは難しいそうだ。行く当てはあるのか？」

「え、あの……」

「みたところ着の身着のままのようだな。君、お金も持っていないだろう？」

「ぅ、ぁ……」

「それから、君が首から提げている魔法アイテム。他者の認識を君から逸らすものらしいが、人波の中では危険だな」

えっ？　と女の子は首元からドレスの中に手を突っこんだ。

引っ張り出したのは、お守りサイズの金属プレートだ。

「どうしてこれが何かわかったのですの？　いえ、そもそも『隠し身の護符』を身に着けたわたくしを認識できているのからして疑問ですわね」

「……なんとなくわかるんだ。今の私はね」

ほえーっと呆けた女の子はハッとして、表情を引き締めた。

「どうやら高名な魔導士殿であるご様子。しかしわたくしも故あってこの身ひとつで飛び出したのです。どうか事情を話せぬ無礼をご容赦いただき、見逃してはいただけないでしょうか」

躊躇いなく深々と頭を下げる。

「ダメだ」

「なぜですの⁉」

半分涙目になる女の子の、首からぶら下がる金属プレートを指差す。

「それが必要なのは理解した。しかしそれではダメだ」

ユウキはじっと、金属プレートを凝視した。

かつて火口の町にいた住民に対してそうだったように、金属プレート付近に半透明の画面が表示される。

幾何学模様や数式みたいなのが映し出されるが、ムスベルの呪いほど情報量は多くなかった。

(しかもこれ、上書きできるな)

ムスベルの民に掛けられた呪いは神の手によるもの、だったらしい。

が、これはそこまでの代物ではないようで、セキュリティレベルがかなり低い。

(他者からの認識を外した場合の弊害をまったく考慮していない。雑すぎる)

一から作り直すのがもっとも簡単だが、それだと金属プレートに流れる魔力が短時間とはいえ消えてしまい、魔力経路が閉じてしまう危険があった。

閉じた経路を無理に開くことはできるが、この魔法アイテムの寿命は著しく減る。

魔力の流れが止まる時間は一瞬でなければならなかった。

(不思議なものだな。忘れているのに〝わかってしまう〟という感覚は)

今の魔法術式を流用し、条件式の中をいじくり回す。

(保有者の存在そのものを認識させないのは危険だ。とはいえそういった機能が必要な場合もあるだろう。そのうえで『隠し身』との名にふさわしい効果と言えば――)

今の彼女に必要な機能。

「よし、できた。これで〝保有者を知る者が見ても保有者その人だと認識できない〟。君を知っていようが知っていまいが、君という存在を認識してもみな、『赤の他人』だと思ってくれる」

「はい?」

不思議そうな女の子の手を引いて、通りへ出た。ユウキとキューちゃんは彼女からすこし距離を置く。

道行く人は小さな女の子を認識しつつも、立ち尽くす彼女にぶつからないよう避けてくれた。

ユウキは再び彼女の手を取って路地へ。

「保有者への関心も低レベルに抑えておいた。町中で一人佇んでいても声をかける人はいないだろう。逆に君が助けを求めたり、連れ去られるような異常があればみな気づく」

加えて強く念じている間は、関心レベルを極めて低くもできる。その場合は『人がいる』との認識はできるものの、『干渉を強く制限する』ところにまでもっていけた。

例えば門兵が居並ぶ中、しれっと門をくぐって城の中にまで入れるはずだ。

どうかな？　と笑みを向けると。

「すばらしいですわ！」

女の子はぱあっと愛らしい顔を輝かせた。

「改めまして魔導士様、我が家に伝わる魔法具の性能を向上させていただいたことに感謝を申し上げますわ」

スカートを持ち上げ、優雅に一礼する女の子。

「それから……大変不躾とは存じますけれど、さらなるお慈悲をいただけるのであれば、ほんの少しで構いません、相談に乗ってはいただけないでしょうか？　もちろん、いずれ報酬のかたちでご恩には報いますわ」

両手を組み、神へ祈るように懇願するその子から、
ぐぅ～。

「はわわわぁ！　ま、魔導士様の前ではしたないところを……大変失礼いたしましたわ。昨夜から

何も口にしていませんでしたから……」

真っ赤になってうつむく女の子に、ユウキは頬を緩ませた。

「ユウキでいい。では、昼食を取りながら話そうか」

「は、はい！　わたくしはマリー、と。そうお呼びください、ユウキ様」

そうしてマリーと名乗る女の子と連れ立って、近くの飲食店へと入っていった——。


千年王国と謳われるレアンド王国は今、衰退に足を踏み入れようとしていた。

ここ数代の国王はひと言で表せば『凡庸』に尽きる。

当代の王に子は一人。しかもまだ九つの幼い姫で、世継ぎ問題は深刻であった。

その辺りの国内状況は、ハーフエルフのエマからユウキも聞いていた。

そして現在、テーブルを共にしている『マリー』と名乗った女の子こそマリアネッタ・レアンドロス王女その人であるが、ユウキはまだ知らなかった——のだが。

(状況から考えて、マリーがあのでかいお城から抜け出してきたのは間違いない)

ドレスはなんだか高そうだし、『隠し身の護符』なる魔法アイテムも一般人が持つものとは思えなかった。

そして『マリー』の名は『マリアネッタ』をもじったものと考えられなくもない。

「本当に、誰もわたくしをわたくしだとは気づきませんのね」

ホッと胸を撫でおろすマリーの言葉は、『たいていの人は彼女を知っている』とも取れよう。

(状況証拠が順調に積み上がっていくな。この子、たぶんこの国のお姫様だ)

となれば一緒にいるのは非常に面倒臭い事態になりそうな予感がした。

「ユウキ様、実はわたくし、望まぬ結婚を強いられていますの」

あ、これマジなやつだ、とユウキは察した。

「わたくしの立場と王国の現状を鑑みれば、致し方のないことと理解はしておりますわ」

達観する九歳児にユウキは慄く。

人型に変身し直したキューちゃんはぼんやりしていた。

「しかし!」

ドンッ、とマリーがテーブルを叩いてユウキとキューちゃんはびくっとする。

「恋のひとつもしませんうちに、見知らぬ男性と将来を誓い合うなどまっぴらごめんですわ」

「ずいぶんとおませさん……ああ、いや、それで? 恋を見つけようと家を出たわけか?」

いいえ、とマリーは首を横に振る。

「婚約の発表は千年祭。ひと目で落ちる恋もありますけれど、さすがに時間がありませんわ。それにあちらも政略的事情があるとはいえ、わたくしのようなお子さま相手では不満があるに違いありませんわ」

そこで、とマリーはキリリと言う。

「先方と話し合いをしたいのです。『婚約期間はそれぞれ想い人を探し当て、こっそり自由恋愛を楽しみましょう』と！」

「えぇっ!?」

「キュゥ？」

ユウキはたまげた。キューちゃんはよくわかっていない。

「それはちょっと……ドライすぎる提案ではないだろうか？」

「他の国は良く知りませんけれど、王国の貴族ではよくあることですわ」

しれっと言い放つマリーはやはり、恐ろしい九歳児だ。

（前世感覚では異常に思えるが、この世界の、彼女の立場では当たり前なのかもしれないな）

納得はしがたいが、理解するしかないだろう。

「ところで、相手が誰かは知っているのだよな？」

「はい。先方はゴーエル辺境伯の令孫、エリク卿ですわ。お歳は近々十六になられるとか」

「国内の貴族なのか。だったら『見知らぬ』相手でもないのでは？」

「いいえ、エリク卿はようやく公務をなされる年齢になりましたから、今まで領地外へ出たことはないと伺っていますわ。すくなくとも王都へいらっしゃったことはありませんわね。そしてわたくしは王都から出たことがありませんの」

互いに面識のない相手。人づてに容姿や性格は聞いているだろうが、テレビ電話のない異世界で必ずしも正しい情報が伝わるとも限らない。

「エリク卿は王都にある辺境伯邸にいらっしゃるそうですの。ユウキ様にはそこまでの護衛をお願いしたいのですけれど……。このとおり、お願いいたしますわ」

マリーは勢いよく頭を下げ、ゴンッと額をテーブルに打ちつけた。

固まった状態でタイミング悪く店員のお姉さんが料理を運んできて、『この子何やってんの？』と冷ややかに見下ろす。

（何も考えずに家を飛び出したわけではないのだな……）

不測の事態への考慮は足りていないが、お金がなくても日帰りでどうにかなるレベルだ。

「わかった。話し合い自体には関わらないし、私が協力したと誰かに言わないでくれるのなら引き受けよう」

がばっとマリーが顔を上げる。

「感謝いたしますわ！」

にっこり笑顔の額が、赤く色づいていた——。

昼食を終え、そろって店を出る。

「はっ!?　あれは……」

マリーがささっとユウキの背に隠れる。その視線を追うと、鎧姿の兵士たちが三人集まって周囲を警戒している風だった。

そこへ別の兵士が一人やってくる。

マリーを探しているのかな？　とユウキは魔法で彼らの話し声をこちらに引き寄せた。

「見つかったか？」

「いえ、バルテレミー大通りにはそれらしき人影はないとのことです」

「やはりゴーエル辺境伯邸へ向かったのかもしれんな」

「であれば『隠し身破りの眼鏡』はこちらに集中すべきでは？」

「数に限りがある以上、下手に分散させるよりはよいかもな」

話しぶりからマリーを探しているとみて間違いない。

どうやらマリーが持つ『隠し身の護符』の効果を無効にして見つけ出せる魔法アイテムがあるらしい。

(不法侵入やりたい放題のアイテムだ。対抗するアイテムがあっても不思議ではないか)

兵士の一人がかけている眼鏡、それが『隠し身破りの眼鏡』のようだ。高い魔力を感じる。

(とはいえ、用途を限定しているのが仇となったか。護符の魔法術式を書き換えたから、こちらに

はまったく気づいていない）

と、やってきた兵士が困惑したように言う。

「あの……実はゴーエル辺境伯邸でも困ったことになっているようでして」

「何かあったのか？」

「はい、屋敷近くに潜ませていた者の報告によりますと――」

兵士は左右に目を動かし、小声で伝える。ユウキは逃すまいとさらに声を引き寄せた。

「エリク卿の行方が知れない、と」

「なに⁉」

ユウキも同じく驚いた。

「未明から屋敷内に姿が見えず、使用人たちが騒いでいるそうです。直接屋敷の者に確認してはいませんが、間違いないかと」

「むぅ……、お二人で示し合わせて外で落ち合うつもりだろうか？」

一番偉そうな兵士が腕を組み、むむむと考えこんでのちに告げる。

「辺境伯邸には数名を残し、他は王都全域を捜索する。王女殿下はもちろん、エリク卿も見つけ出すのだ」

「はっ」

「承知しました」

やってきた兵士と、もう一人が別方向へ駆けていく。

(困ったことになったな)

会いたい本人が行方知れず。彼と合流したところで、捜索の目が光っていてはこちらも見つかる危険があった。

そして事態は、より複雑な様相を呈してきたらしい。

兵士たちの小声を拾おうと引き寄せた声の中に、妙なものも含まれていたのだ。

「エリク・ゴーエルはまだ見つからんのか」

「申し訳ありません。南の歓楽街へ走り去ったのを最後に消息は知れず……」

「なんとしても見つけ出せ。王国の連中よりも先にな」

なんだか王国以外の勢力が彼を追っているようで。

「ユウキ様？　どうかなさいましたか？」

不安そうに顔を覗きこむマリーに、どう説明しようか迷った挙句。

「君の婚約者は、南の歓楽街へ向かったそうだ」

「まあ！　ずいぶんと遊び好きな男性ですわね。やはり聞いた話は信用できませんわ」

言い方が悪かったな、と反省する。

ユウキはキューちゃんとマリーを連れて、裏路地の奥まったところへ入った。

とはいえ誰もいないことはなく、自分たち以外に三人が目に入る。

念のためとお試しで、『隠し身の護符』から読み取った魔法術式を真似て周囲を結界で覆った。

ちょうどユウキたちへ向かって駆けてくる人がいて、壁にへばりついてその人を避ける。こちらはまったく眼中にないといった感じだ。

「さて、状況を説明しよう」

目的であるエリク・ゴーエルは屋敷におらず、南の歓楽街へ向かったきり行方が知れない。

王国以外の勢力が彼を追っているようである、とマリーに告げた。

「そしてわたくしの正体は兵士たちの会話からバレバレでしたのね……」

最初から気づいていたけどね、とは言わないでおいた。

「君とエリクさんが婚約するとの情報は一般に知られていないのだよな？」

「一般にはそうですわね。ただ外交的には事前にお知らせしているはずですわ」

王女の婚約ともなればお祝いの言葉や贈り物は、その国の威信にかかわるものとなる。

サプライズ発表だとその時点から本国に伝え、お祝いを用意して千年祭中に王都へ持ってこなくてはならない。

そんな手間をかけさせては王国の信頼が揺らぐ事態になるからだ、とマリーは解説した。

「なるほど。となると、エリクさんが狙われている理由は彼の個人的なトラブル以外も考えられるわけだな」

王女との婚約を快く思っていないか、いずれ王族となる彼に今のうちから接触して何らかのアクションを起こしたいのか。それ以外の理由か。

「国内の誰かが国外の勢力に依頼した線もあるだろうか？」

「それはない、と思いたいですわね。父王様の求心力は低下する一方ですけれど、わたくしのお相手は収まるところに収まった、と貴族院でもご納得いただいていますから」

希望的観測ではなく、絶賛権威失墜中の王国にあって二人の婚約を邪魔する貴族は極めて少ないとの考えのようだ。

「ともかく、先に我々で彼を見つけるのが一番だと思う」

「そうですわね。けれど……わたくし、エリク卿のお顔を存じ上げませんの」

ユウキも同じだ。聞き込みである程度の容姿はつかめても、人口の多い王都での捜索は困難を極める。

「そこはなんとなく大丈夫な気がする。あえて彼が外に出ていてくれれば、だがね」

「こういった場合、どこかに身を隠すものではありませんの？」

「まあ、ふつうはそうだな。だが私の読みどおりであれば、彼はきっとこの時間、外を歩いているはずだ」

ユウキはキューちゃんに指示してふわもこ体型になってもらった。頭にのっけてマリーの手を取る。

「きゃっ!?」

そうしてふわりと浮き上がり、ずびゅんと南へ飛び去った——。

*　　*　　*

隠し身の結界を展開したまま、上空から歓楽街を見下ろす。

まだ昼を過ぎたばかりだというのに、飲み歩く人々で賑わっていた。露出の多い女性も目立つ。

そんな中、周囲と似たような服を着て見た目は馴染みつつも、ギラついた瞳をあちこちに向ける屈強な男たちがそこらにいた。

「明らかに一般人ではありませんわね。歩き方からして訓練を受けた兵士のそれですわ」

まだ子どもなのによく知っているなあと感心しつつ、ユウキは彼らを無視して辺りを見回す。

だが実際に『見て』いるわけではない。

飛びながら、感覚を鋭くして『特定の魔法術式』が放つ魔力を探っていた。

「いた」

フードを目深に被った、成人男性よりやや低いくらいの背丈の誰か。路地から路地へふらふらと移動している。

「マリー、あの人が君には見えるかな？」

「えっと……あれ？　なんだか変ですわね。見えていますのに、その事実が頭に入ってこないような……上手く言葉にできないのですけれど、不思議な感覚ですわ」

もしかして、と年齢のわりに聡いマリーが尋ねる。

「わたくしと同じく、『隠し身の護符』ですの？」

「同質のものだが、術式が刻まれているのはあのフード付きのローブだ。効果は君が元々持っていたものよりも低いな」

だから王国兵士がかけていた『隠し身破りの眼鏡』がなくとも、魔力がある程度あって注意していれば見つけられなくもない。

貴族の子息で、しかも王女の婚約者ともなれば身を守る何かを持っていて不思議ではない。

一番安全なのは『認識されないこと』。

隠し身破りは王国でも王女捜索に極わずかな数しか投入できないほど貴重なものだから、国外勢力が他国内で数をそろえられているとは思えなかった。

「昼間なら下手に宿などに身を隠すより、ああして動き回っていたほうが発見は難しいだろう」

読みは当たった。

ユウキはフードの人物の前に降り立ち、結界を解除する。

「ッ!?」

いきなり現れたと向こうは感じ、当たり前のように驚いて立ち止まった。

「怪しい者ではありません。エリク・ゴーエルさんですね？」

声をかけたら無言で回れ右。全力で駆け出した。

「ちょ、お待ちになって！」

まあ当然の反応だろう。ということでユウキは、
ゴンッ！

「ぐべっ!?」

彼の前方に透明な壁を生み出した。顔面を強打してひっくり返る。フードがめくれ、整った顔が露わになった。

「あら、なかなかの美形ですわね」

イケメンというよりも、女性のような愛らしさがある。

「すみません。大丈夫ですか？」

思いきりぶつけたからか、完全に意識を失っていた。

「とりあえず私の泊っている部屋に運ぼう」

エリク・ゴーエルと思しき人物の上体を起こし、後ろから抱きしめたときだ。

「ん？　ずいぶんと大胸筋が発達しているな」

見た目はわりと華奢に思えたが、かなり鍛えているのだろうか。

「いや、しかしこれは……」

感触が、筋肉にしては柔らかいような？

「ぅ、ぅぅ、ん……」

気づいたらしい。

エリクと思しき人物はぼんやりとユウキを見上げ、ゆっくりと顔を下に向けて自身の胸元へ。

（わなわな震えだしたぞ？）

直後、ユウキの腕を跳ねのけて四つん這いで壁際へ逃れた。

「ボクに、何をした……？　ボク、ボクの……」

両手で胸を隠すようにしてユウキをにらみつける。

「ひとつ、確認したいのだが」

一連の言動で、まさかと思いつつ尋ねる。

「貴方は、女性なのか？」

眼光が鋭くなり、きゅっと唇を引き結ぶ。しかし視線がマリーに移ったのち、

「ま、さか……マリアネッタ、王女殿下、なのですか……？」

疑問形のつぶやきはしかし、確信を得たようで。

「……………………はい。エリク・ゴーエルは、女なのです……」


弱々しく吐き出した。

なんとびっくり、幼い王女の婚約者は女だった。

その事実を受け止めたユウキはハッとして尋ねる。

「もしかして寝て起きたら男女が入れ替わったり？」

「は？　いや、ボクは生まれながらに女ではあるのだけど……」

残念ながら自分と同じ体質ではなかったらしい。

となれば、とユウキは傍らで驚いているマリーを見た。

「君が実はおと「なにかおっしゃいまして？」いやなんでもない」

もしかしたら女同士でも結婚できる？　との疑問はエリクの態度からして違う気がした。

「ともかく私の宿に移動しよう」

ユウキはみなを連れてびゅーんと空を翔けた。


マリーとエリクを認識除外の結界で包み、人型になったキューちゃんと正面から宿に戻った。

部屋に入り、エリクとマリーは並んでベッドに腰かける。一メートルほどの距離は気持ちの間隔だろうか。

「さて、貴女が女であることはまず横に置こう」

「お待ちになってユウキ様。そこ一番重要なところですわ」

「……そうかな？」

「仮にも王女の婚約相手が女性だなんて、前代未聞どころか国を揺るがす一大事ですわ。いいえ、父王様をも欺く反逆行為ですわよ！」

「は？」

何か言いたげなエリクをユウキは手で制する。

まずは第三者からの意見を聞いて落ち着いてもらいたかった。

「それはない。これは君の父親、国王も承知の上だろう」

目をぱちくりさせてエリクを見やると、彼女は申し訳なさそうにぽつぽつと語り出す。

「ボクが生まれながらに性別を偽っていることは、国王陛下もご存じでいらっしゃいます。そのうえで王女殿下との婚約をお決めになられました」

「さっぱりわけがわかりませんわ。どうして父王様が――」

「まあ、話を聞こうじゃないか」

ユウキに諭され、マリーは不満そうにしながらも口をつぐんだ。

「王女殿下もご存じのとおり、残念ながら王国は衰退の真っただ中にあります。しかし世継ぎに恵まれていないとされていても、王女殿下は聡明なお方。いずれ女王となってこの国をより良く導いてくださることでしょう」

ただ、とエリクは眉間にしわを作る。

「殿下はまだ幼い。そして周辺国――特に北のテレンス首長国は急速に力を増しています。建国千年の節目に『王国はいまだ揺るがず』と内外に示すには、国内での結束を確固たるものにするのが急務なのです」

ゴーエル辺境伯は国内で王家に次ぐ発言力を持つ。もともと親戚とはいえ、いやだからこそ両家が固く手を結べば、特に国内の王家に反発する貴族たちを黙らせることができるのだ。

「だ、だとしても、どうして女性なのですの？　他に誰かふさわしいお相手が国内には、国内、には…………いませんわね」

がっくり肩を落とす様子から、本当にいないっぽい。

「しかしエリクさん、貴女はそれでいいのか？　酷な予想で心苦しいが、マリーが成人すれば貴女は用済みになる可能性が非常に高い」

女同士で子は生《な》せない。王家の血筋を絶やさないためには、エリクはいずれ――。

「殺されてしまいますの⁉　病死などと偽って！　なりません。そんな非道、わたくしは絶対に許しませんわ！」

マリーが憤慨するのも当然だ。

ところがエリクはしれっと答える。

「いえ、用済みは確かですが、さすがに死ねとは言われていませんよ。病死と発表してのち、ボクは名を変えて自由の身になります。そういう約束だからお受けしたのです」

「それはそれでどうなんですの？　貴族の身分をはく奪されることにはなりますわよね？」

「そんなのボクには必要ありません。むしろせいせいしますよ」

「貴女、貴族の責務をなんだとお思いなのですの？」

「ボクは生まれてからずっと『男』として育てられたんですよ？　それこそボク以外に後継者のいない家の都合でね。ところが三年前に弟が生まれたら、今度はボクを持て余すようになった。いい加減、自由に生きたいですよ。可愛い服を着たり、素敵な恋をしたり」

「あ、それちょっとわかりますわね。しかぁし！　やっぱり納得はいきませんわ」

「そこはドライに考えましょうよ。国のためでもあるし、殿下が困ることはないでしょう？」

「ぐぬぬぬ……なんだかキャラが変わっていませんこと？」

それは思った、とユウキも心の中で同意する。

「最後まで猫を被るつもりだったけど、こうなったらもういいかなってね。ま、ボクから干渉するつもりはないから、よろしく頼むよ、お姫様」

エリクはぱちりとウィンクする。

「不真面目でスチャラカ……わたくしの一番嫌いなタイプですわね」

「えー、おほん。その辺りについては君たちと、ひいては国家の問題だ。これ以上の話は別でしてもらいたい」

もう一度こほんと咳払いして、ユウキは居住まいを直す。

「では私にも関わる問題を片づけたい。エリクさん、貴女は誰かに狙われているね？」

ぴくりとエリクの片眉が跳ねる。

「ユウキ様、それがどうして貴方にも関わるのですの？」

「状況からして王女の婚約者であるエリクさんに今、もしものことがあれば国内は大混乱に陥るだろう。となれば」

「となれば？」

「千年祭に深刻な影響は必ず出る。私は、純粋にお祭りを楽しみたいのだ」

「全力で遊ぶために……」

「身も蓋もないが、うん、そうだな。ともかくお祭りの阻害要因を知った以上、可及的速やかに対処して安心したい」

それで？　との問いにエリクは答える。

「相手が何者かは知らない。せっかく王都に来たのだからとこっそり屋敷を抜け出して遊びに行こうとしたら襲われた。おかげで昨夜は遊べなかったよ」

あまり深刻には受け取っていないようで、肩を竦《すく》める様は軽薄そのもの。

「この淫売め。貴様のようなふしだらな者を王家に加えてなるものか！」

君もキャラ変わったよ、とは言わず、どうどうと宥《なだ》める。

「しかし貴女も不用心だぞ。護衛もつけずに遊び歩くなど」

「ボクが女だとは誰も知らない。だから誰もボクがエリク・ゴーエルだとは思わない。いざとなったらこの『雲隠れのローブ』で逃げられもするからね。実際にこれのおかげで助かった」

マリーは射殺すほど鋭い視線をエリクに突き刺している。

(これってアレか。『第一印象は最悪だけど互いのよい面が誇張されてそのうちいちゃラブ展開になる百合バカップル』の流れだな)

それはまた別のお話、ということで。

「君たちはもう帰ったほうがいい。エリクさんを襲った連中の正体とその理由は私が探っておく」

「千年祭を目前に控えた今、騒ぎは大きくしたくありませんわね」

超個人的な理由で城を抜け出したお姫様はどの口で言うのか?

「それに、王国兵が総出で狼藉者を追っても逃げられる可能性が高いですわね。スチャラカ王国貴族の尻拭いをさせてしまって申し訳ございませんけれど、よろしくお願いいたしますわ」

ユウキはそれぞれを送り、エリクを探し回っている者たちをこっそり付け回した。

アジトらしき廃屋を探り当て、構成員の大半の顔を覚えてのち。

宿に帰って寝た——。

女の子の姿では魔法が使い放題。

いまだ記憶があやふやなので知らない魔法は使えないが、イメージすればたいていのことは実現できてしまうチート仕様だ。

しかし肉体面は一般人のそれ。

肉体を直接強化するような魔法は、なぜだかうまくいかない。

イビル・ホークのような特大の火球を撃ち放つことはできても、背後から隙を突かれて殴られたらジ・エンドだ。

荒事になるなら、身体能力が極めて高い男の子の姿で対処すべきだろう。

そしてユウキは王都までの道中、この姿では魔法とは違う不思議な『技』が使えることに気づいていた——。

＊　　＊　　＊

古びた二階建ての住居の前に立つ。

庭付きの一戸建てで、現代日本感覚では豪邸に類する広さを誇っていた。

付近は比較的真新しい集合住宅が立ち並び、この一画だけが妙に浮いている。

(悪者がアジトにするには目立つような気がしなくもないが……)

周辺で聞き込みをしたところ、ときどきガラの悪い連中がたむろするスポットではあるらしい。

千年祭を前に外国から訪れた宿なしの連中が結託して出入りしていると、付近の住民は考えているようだ。

ユウキはてくてくと中に入っていく。キューちゃんが基本形態《まるいかたち》で後ろからぺたぺたついてきた。

広い玄関ロビーの正面には、半らせん状の階段が左右に配されている。

奥に人の気配はなかった。一方、上階から話し声が聞こえる。

階段を上ると、壁をぶち抜いた広いスペースになっていた。天井も高く開放感がある。

そこに、八人のゴツい男たちがいた。

壁にもたれかかって話をする二人。残り六人は部屋の真ん中辺りで車座に腰を下ろしている。

「なんだテメエは?」

「ここはガキのくるとこじゃねえよ」

「帰って母ちゃんに甘えてな」

「ん?　あの白くて丸いのはなんだ?」

男たちはにやけてチンピラ風の話し方をし、ユウキに向けてしっしと手で払う。

しかし——。

「貴方たちは一昨日の夜、エルク・ゴーエルさんを襲ったな？」

ユウキの問いに、気配が変わった。

表情を消し、眼光が鋭くなる。

黙したまま壁側にいた二人が分かれ、ユウキの左右に回りこむ。

中央の六人は一人を除いて立ち上がり、半身になった。

「小僧、貴様何者だ？」

ユウキの正面、いまだ座ったままの男——おそらくこの場のリーダーが重く吐き出した。

「先に質問したのは私だが、その態度で答えは明らかだな。いいだろう、答えよう。私はただの旅人だ。奇縁あってエリクさんから『何者かに襲われた』と聞き、貴方たちへ確認に来た」

「そうか」

リーダーと思しき男はゆっくりと腰を上げ、

「なら奴の居どころを吐いて死ね」

左右の二人がユウキに飛びかかってきた。どこから取り出したのか、ナイフを握っている。

（しかしよく考えてみれば、前世で殴り合いなんてしたことがないな）

今の自分には記憶がない。やったことと言えば巨怪鳥の横っ面を蹴飛ばしたのと、動かぬ樹木を手刀で斬ったくらいだ。あと地竜を背負い投げたか。

思い返せばそこそこ経験しているが、戦うってどうやるの？　との本質は変わらない。

（まあ、カンフー映画は好きだったし、宇宙規模の戦闘民族が戦うアニメも見ていたし）

見よう見まねでどうにかなるかも。

（というか、むしろ問題は――）

別にある。

などと考えていると、ようやくナイフが近くに来た。思考も高速であるらしい。

「なっ!?」

「止めただと！」

左右からのナイフを指でつまむ。ぴたりと止まり、大の男が力をこめてもびくともしなかった。

逆にユウキが指に力を入れると、パキンパキンとナイフが砕ける。

驚き慄く男二人を、右はみぞおちにこぶしを一発、即座に左の胸に掌底を叩きこんだ。

「ぐぼぁ！」

「げふぅ！」

吹っ飛んだ二人は白目を剥いて、泡を吹きつつ仰向けに気絶した。

（ふぅ、死んではいないようだな。やはり殺さないように加減するのが難しい。しかしアレだな、けっこう動けるな。体が覚えている、というやつか。もう何度目かわからないが）

残る六人が驚愕に目を見開き立ち尽くす。

「理由を訊こうか。なぜエリクさんを襲ったのだ？」

「……いい気になるなよ、小僧。少しは腕が立つようだが、我らとて――」

ダンッ。ユウキが消えた。

床にひび割れを残し、手前にいた男の腹に肘がめりこむ。吹っ飛び、壁に激突。

一瞬にして隣にいた男の懐に入ると、下から顎を軽く掠めるアッパーカット。ぐるりと眼球が回り膝から崩れ落ちる。

後方へ飛んだ。足を伸ばした程度のキック。一人が腹から二つに折れて、こちらも壁に衝突して目を回す。

「おのれぇ！」

宙に浮いた格好のユウキを目掛け、強烈な蹴りが迫ってきた。

それより早くタンッと軽やかにつま先で床を弾くや、相手の蹴りは空を切り、身を捻っての回し蹴りが彼の首筋を捉える。結果は語るまでもない。

「残るは二人だな。話す気になったか？」

一番小柄な男がリーダーらしき男の前に躍り出る。

両手を広げた彼の前に、鈍く光を放つ魔法陣が現れた。

(防御魔法盾、というやつか。私も女の子の姿で使ったものだが……)

ユウキが一足飛びに肉薄し、こぶしを一発。

パリィン！

「嘘だろ!?」

現実だ。彼の守りは粉砕され、続けざまのボディーブローで床に沈んだ。

「む?」

小柄な男に隠されていたリーダーが、いつの間にか大きく後退していた。

片手を前に、なにやらぶつぶつ言ってのち。

「ファイアカノン!」

火炎の砲弾が撃ち出された。

(おいおい、屋内で火炎系魔法を使うのか。気絶した者たちは捨てる気だな)

それほど語れぬ理由があるのか、部下の命をなんとも思わない非情さか、ただのバカか。

(いずれにせよ、私がまともに食らってやる必要はないな)

威力も速度もイビル・ホークの火炎球より遥かに下。

のんびり回りこんでリーダーを気絶させ、火が回るより早く八人を外へ連れ出せば問題ない。

(でもちょっと、アレを試してみるか)

ユウキはすぅっと息を吸い込んで、

「ハァッ!!」

迫る火球に闘気をぶつけた。

パァンと火球は弾かれ霧散する。

「がはっ……」

衝撃の余波でリーダーの男はがくがく震え、その場にくずおれた――。

意識が混濁したリーダーから聞いたところによると。

彼らは北の大国、テレンス首長国からの刺客だった。

目的は王女の婚約者エリク・ゴーエルの誘拐あるいは殺害。彼女を確保して婚約発表をぶち壊すのが狙いだ。

蓋を開けてみれば予想通りで逆に肩透かしを食った気分だった。

男たちは服を脱がせてそれで縛り、道に転がしておいた。こっそり見ていたところ、衛兵たちが集まってきて彼らを連れていく。

ユウキはアジトにいなかった残党も昨夜覚えた限り、人気のない裏路地に誘いこんでは襲いかかり、同じように道端に転がした。

まだ他にもいるかもしれないが、大勢の仲間が捕らえられては何もできまい。

そうして飛行用マントでひとっ飛び。王城に帰っていたマリアネッタ王女にこっそり報告して作業は完了。

王都観光を数日楽しんで、ついに千年祭が幕を開けた――。

＊　　＊　　＊

千年祭初日。

王都にいくつかある大通りに向かうと、まだ正式には開催の号砲は鳴っていないにもかかわらず朝から多くの人でごった返していた。

といっても前世の記憶にある有名花火大会のように進むのもやっと、ということはない。

この一週間より少し増えた程度で、しかし出店が立ち並んでいたりと『お祭り』の雰囲気は確かに感じられた。

「キュキュ、キュキュキュキュゥ」

ロングコートを着た人型キューちゃんがあっちあっちあっちと指を差す。

「ん？　あれは……射的かな」

オモチャの鉄砲ではなく小さな弓で矢を放ち、的に当てるタイプの遊戯だ。

キューちゃんは興味津々。

さっそく小銭を払い、子どもたちに交じってキューちゃんが弓を放った。

「キュ～……」

残念ながら五回の試技はすべて大外れ。的屋のエルフのお兄さんも苦笑いだ。

続いてユウキが挑戦する。弦の調子を確かめ、キューちゃんや他の人の様子から力加減を調整する。

今日は歩き回るのを考慮して疲れ知らずの男の子の姿。

狙いを定め、矢を放った。

「おおっ！」

「すごいな坊主」

「いきなりかよ」

見事に的のど真ん中に命中し、見物人の喝采を浴びる。

続けて第二射。

「すげえ！」

「また真ん中だ！」

第三射。

「おいおい」

「またかよ！」

四射目。

「えっ……」

「嘘だろ？」

最後の五射目。

「……」

「……」

すべて的の真ん中を捉え、見物人は唖然としたのち、わっと大歓声が沸き上がった。

「まさか初日からパーフェクトを掻っ攫われるとはなぁ」

的屋のお兄さんがまたも苦笑いしつつ、「そら、景品だ」と手のひらサイズの包みをユウキに渡す。

「これは？」

「ペネムの万能薬さ。塗れば擦り傷はすぐ元通り、飲めば腹痛がたちまち治る。売ったらそこそこの小遣いにはなるが、ちゃんと親御さんに相談してからだぞ？」

魔法のある世界でどれほどの価値があるか不明ながら、ユウキはありがたく受け取った。

その後も焼きそばみたいな料理で腹ごなしし、リンゴ飴みたいなデザートを堪能しつつ、王城へ向けて進んでいく。

「キューちゃんは食べなくていいのか？」

「キュキュ」

首を横に振るキューちゃん。相変わらず何も口にしない彼女が楽しめるよう、ボールを投げて棒を倒す遊びなど、遊戯を中心に遊びまくった。

聞いたところによると初日はセレモニー中心とのこと。

出店の他に、各所で大道芸みたいなことをやっている。

「さあさあ道行く皆さん、見ておいで。リザードマン一の力自慢ドミツィオが、今からこの大岩を持ち上げよう！」

小柄なリザードマンがぴょんぴょん跳ね踊るのは、二メートルもある大岩の上。

大岩の横では、身の丈が同じほどもある大柄なリザードマンがボディービルダーじみたポーズでアピールしていた。

なんだなんだと人が寄ってきて、ユウキは脱出する間を逃して最前列に押しやられる。

まあ見物するのもいいかな、と眺めることにした。

リザードマン――ドミツィオが大岩に抱き着く。

「がんばれ！　がんばれドミツィオ！」

大岩の上でぴょんぴょん跳ねる小柄なリザードマン。

その掛け声に、見物人も声を合わせる。

「ぐ、ぬぬぬぬ………ぬぅうおおおおっ！」

わずかに大岩が浮き上がったと思った直後、ドミツィオがエビ反りになって大岩を持ち上げた。

拍手喝采が巻き起こり、方々から硬貨が彼らに投げられた。

小さなリザードマンは大岩からぴょんと降りて、散乱した硬貨を拾い集めて袋に入れる。

ドドォン、と大岩が下ろされると、またもコインの雨が降る。

ユウキもそれに倣い、銀貨と銅貨を放り投げた。

と、ひと仕事終えてぐったりしていたドミツィオと目が合う。

なぜだかちょいちょい、と手招きされた。

「私、か……？」

大きくうなずくドミツィオ。

何がなんだかわからないが、パフォーマンスに付き合うのも悪くない、とユウキは彼の下へ。

「君もやってみなよ」

「は？」

唐突過ぎて意味が解らない。

「おいおい、子どもにやらせんのかよ」

「坊主……か嬢ちゃんかわからねえが、がんばれよー」

「いくらなんでも無理だってば」

怪訝そうな者、囃し立てる者と様々だが、誰もがまるで期待していないのは見て取れる。

「そら、度肝を抜いてやんな」

ところがドミツィオは悪戯っぽく笑った。

仕方がない、とユウキは大岩をがしっとつかみ。

ひょい。

「「「「ッ!?」」」」


持ち上げた途端、見物人たちは腰を抜かすほど驚いた。

ドミツィオが楽しそうに声を張り上げる。

「やあやあ、見たかい？　でも驚くにはまだ早い。なんとこの少年、数日前に暴れ地竜を投げ飛ばしたのさ！」

「マジかよ!?」

「あ、アタシその話知ってるかも」

「そういやエルフみたいな子どもだって話だな」

「嘘臭いと思ってたけど本当だったんだ！」

噂は広まっていたようで、ユウキ目掛けてコインの雨が降る。

なんとも面映ゆい。

集めた硬貨はユウキに渡された。君の稼ぎだとドミツィオは笑う。

「しかし……いいのですか？　貴方のパフォーマンスの邪魔になってしまったのでは？」

「今日はお祭りだぜ？　みんなで楽しくいこうや」

ドミツィオは最後まで笑みを崩さなかった。

祭りに乗じて国家の企みを遂行しようとする者もいれば、彼のように純粋に祭りを楽しむ者もいる。

大多数が後者であろうことは、見物人たちの笑顔を見れば明らかだ。

思わぬ臨時収入を得て、ユウキとキューちゃんはあちこちで遊びまくった。

やがて昼が近づいて、王城前の広場はさすがに移動するのも億劫なほど人であふれ返る。

ゴーン、ゴーン、と。

遠くから鐘の音が響いてきた。王都中の鐘が鳴らされているのだが、外周から徐々に鐘の音が近づいてきて否が応でも気分が盛り上がっていく。

そうして王城からも、一番大きな鐘の音が厳《おごそ》かに鳴り響いた。

集まった人たちは黙して立ち止まり、そして――。


ドンドン、ドドドンッ！

号砲が高らかに轟くと、

「レアンド王国よ永遠なれ！」

「建国千年、おめでとう！」

堰を切ったように祝福の叫びがこだました。

『善良なる王国民よ、そして諸外国より訪れた客人たちよ。レアンド千年の良き日を共に祝えることを、余は嬉しく思う』

どこからともなく渋いおじさまの声が響いた。魔法的な何かだろうか。

以降、長ったらしい演説が続き、その間はしんと静まり返っていたが。

『第六十二代レアンド国王、シャルルモワ・レアンドロスが宣言する。レアンド王国千年祭を、今ここに開催する！』

直後、地鳴りのような雄叫びが上がった。

そこかしこで抱き合い、踊り出す者も多数。

さすがに部外者がこのノリにはついて行けず、ユウキはキューちゃんの手を引いてそそくさと広場から逃れるのだった——。


疲れ知らずはキューちゃんも同じ。

休みなくあっちこっち遊び回っていたら、

「み、見つけたーっ！」

聞き覚えのある声に振り向けば、額に汗して肩で息をする女性がふらふらと近づいてきた。

「エマさん、どうかしたのか？」

ハーフエルフのエマは両膝に手をついて呼吸を整えると、バッと顔を上げて言った。

「どうしたもこうしたもないよ！　ユウキ君、いったい何したの⁉」

「いきなりそう言われても……心当たりはない」

「いや絶対にあるはず。だって――」

エマは周囲を気にしてか、ユウキに目いっぱい顔を寄せて小声で告げた。

「国王陛下が、君を連れてこいって。エルフ族会にお達しがあったの」

あ、そういうことね。エリクが襲われ、その刺客たちを壊滅させた件で間違いない。

マリーには自分が関わったとは言わないよう釘を刺していたが、よく考えたらそれは辺境伯邸への同行についてのみ。以降はなあなあだった。

会うのは構わないが、念のため魔法が使える女の子に変わったほうがいいだろう。

「行く前に一度寝ていいかな？」

「なんで？」

というわけで、路地裏に入って寝た――。

「ね、寝て起きたら女の子に……？」

エマが驚愕に打ち震えている。

いつまでも秘密にしておくメリットなどなく、むしろこの稀有な特徴は自身が何者かを知る大きな手掛かりに違いない。

だからエマには伝えることにした。

「自分の正体につながる重要な手がかりのように思う。ただまあ、ちょっと気持ち悪がられるかもしれないが……」

「気持ち悪くはないっていうか、むしろ私的にはご褒美げふんげふん」

なぜだか咳きこむエマ。

「ともかく、うん。確かに聞いたことのない体質だから、知っている人ならすぐピンとくるよね。エルフ族会にも伝えておくよ」

エマに一度離れると伝え、ユウキはすぐには王城へ向かわず宿へ文字通り飛んで帰った。胸の位置が定まらないからだ。

ブラを装着し、また着替えるかもしれないからとトランクを抱えて戻ってきた。

王城の門でエマと別れ、人型のキューちゃんと一緒に案内された部屋は豪奢な応接室――ではなく、煌びやかで広くはあるが天蓋付のベッドが置かれた、どうみても女の子の私室だった。

ソファーに座って待つことしばらく。

「ようこそいらっしゃいましたわ、ユウキ様」

マリーことマリアネッタ王女が現れた。そして――。

「貴公がユウキ殿か。マリアネッタとそう歳の変わらぬ者が、テレンスの刺客を壊滅させたとは驚きだな」

口の周りにひげをたたえたおじ様も一緒だ。頭に王冠をのっけて重そうなマントを羽織った男性は疑いようもなく、

「余を見るのは初めてか？　シャルルモワ・レアンドロスである」


マリーの実父、レアンド王国国王だった。

ユウキは立ち上がってお辞儀する。

「お初にお目にかかります。ユウキです。こちらは一緒に旅をするキューちゃんです」

「そう畏《かしこ》まらずともよい。貴公の働きにより、千年祭は無事に開催できた。礼を言うぞ」

「いえ、私はお祭りを楽しみたかっただけですので」

「なんとも謙虚な子どもよな。しかし感謝の言葉のみでは王として立つ瀬がない。望む褒美を与えよう。なんなりと申すがよい」

「と、言われましても……」

流れ的にこうなるだろうとは思っていたが、旅するうえで困ったことなど何もないので欲しいものはなかった。

「では、こちらをどうぞ」

マリーが寄ってきて、黄金色の金属プレートを差し出した。

「我が国の永久通行証ですわ。ユウキ様だけでなく、同伴のお方にも有効ですの。これさえあれば国内はどこにでも行き放題。外国でも身分証になりますわね」

「それはありがたい。遠慮なくもらっておきます」

「他に欲しいものはないのか？」

「いえべつに」

「まったく……本当に謙虚よな。そして恐るべき魔法の力を持っておるそうな。貴公は、『フォルセア』で学びし者か？」

「フォルセア、ですか？」

初耳ワードにユウキは首を捻る。

「ふむ、フォルセアを知らぬのか。王国の遥か東にある魔法国家だ。一流の魔導士ならば一度はそこで学び、魔導士を目指す者の憧れの地である」

「わたくし、てっきりユウキ様はそこで学ばれたのかと」

そういえば言っていなかったな、とユウキは自身が記憶喪失であると話した。

「まあ、そうでしたの……。けれど、なればこそユウキ様がそこで学ばれた可能性がございますわ。記憶の手掛かりがそこでつかめるかもしれませんわね」

なるほどたしかに、とユウキはうなずく。

お祭りを楽しんだらそこへ向かうのがよいとも考えた。

思い出しついでに自身の稀有な特徴を告げると、

「なに？」「は？」

親子そろって目をぱちくりさせた。

やはり寝て起きて性別が入れ替わるというのは、国家元首レベルでも知らない珍体質のようだ。

「にわかには信じられぬが……貴公の言だ、信じよう。そして国を挙げて調査を――」

「いやそこまでしなくてもいいです」

あまり大事にはしたくなかったので丁重にお断りする。

と、国王が真摯にユウキを見つめてきた。

「貴公は、我が国に仕官するつもりはないか？」

「仕官……？　ああ、ここで働け、と。嫌です」

あまりにきっぱり言い切ったので、これには国王やマリーたちも苦笑い。

「残念ですわ。千年祭が終わりましたら、こうしてユウキ様と語らえないのですわね……」

旅の出会いは一期一会。そう割り切ってはいるが、少女の哀しそうな顔が妙に引っかかった。

（できるかどうかはわからないが……）

ユウキは辺りを見回し、チェストの上に手鏡を見つけた。てくてく歩いてチェストの前へ。

「マリー、これをもらってもいいかな？」

「え？　ええ！　もちろんですわ。それをわたくしだと思って大事にしていただけたら嬉しいですわね」

ありがとう、と礼を言って、今度は壁掛けの大きな鏡の前へ。

（うん、ただの鏡だが縁の装飾部分は魔力を通すのに適した素材だ。これなら――）

術式は既知のものを応用し、空を飛んだときのようにイメージを膨らませて試行錯誤すること五分。

「マリー、ここへ立ってくれないか」

「？　何をなさったのですの？」

不思議そうにしながらも、マリーは言われた通り壁掛けの大鏡の前に立った。

ユウキは部屋の端に移動して、

「鏡に向かって私に呼びかけてほしい」

「は、はい。では……ユウキ様」

ぽわっと大鏡が光を帯びる。

ユウキが持つ手鏡も同じく光り、応答すると。

「ユウキ様のお姿が!?」

「こちらも君の顔が映っている。声はどうかな?」

マリーに背を向け小声で言う。

「はい! 鏡の中からお声が聞こえますわ!」

テレビ電話的魔法の完成である。

イメージだけでは難しかったろうが、要は転移門の応用だ。声と映像を双方向でやり取りするよう術式を書き換えた。ちなみにこれ自体が転移門にもなるが、王女が城から抜け出すのに使われては困るので黙っておいた。

「何かあれば、これで連絡が取れる。頻繁に呼びだされても困るがね」

「それは……善処しますわ。それにしても……ああ、なんてすばらしい魔法でしょう!」

マリーは感動しきり。

「国王陛下、妙な魔法術式をここに構築してしまいましたが、問題ありませんか?」

「それは構わんが……いやいやいや! これは通信魔法ではないか!?」

「正式名称は不明ですが、そういう類のものでしょうね」

「最高難度の魔法を、ちょちょいのちょいでやってのけるとは……貴公は本当に何者なのだ?」

「それが自分でもよくわからなくて……」

「うぅむ、ますます惜しい。だがこれほどの魔導士を我が国につなぎとめるのは難しかろう。せめて敵対せぬことを祈るばかりだ」

「友人のいる国と戦おうなんて思いませんよ」

「かような幸運を得たのだ。マリアネッタが城から抜け出したのを叱責できぬな」

それはそれ、とは思うが、あえてユウキは口にしなかった。

しばらく談笑して、別れの時間となる。

「ではユウキ様、千年祭を存分にお楽しみになってくださいませ」

「うん、そうさせてもらうよ」

王城を出て、さてどこを見て回ろうと歩き始める。

体力勝負だから一度寝るかな、と考えていたときだ。


「その魔力の波動……見つけたぞ、我が眠りを妨げし女よ」


ぞくりとして振り向けば、白い髪の女の子がいた。赤い瞳が妖しく光る。

「闇を統べ混沌を吐く〝災厄の魔王〟ルシフェとはもちろんワシじゃよ？　ちなワシめっちゃ怒ってるんでそこんとこよろしく！」

ルシフェと名乗った女の子は人であふれる広場にも構わず、小躯の周囲に特大の魔法陣をいくつも生み出した――。

*　　　*　　　*

突然現れた白い髪に褐色肌の女の子。

ユウキは二つの意味で驚いた。

(あの子、私と同じ形の耳をしている)

もしかしたら同じ種族かもしれないが、とても友好的に話ができるとは思えなかった。

理由は知れないが、問答無用で攻撃型魔法陣を無数に展開したのだ。

その魔法陣こそ驚きの二つ目。

(闇と混沌の魔砲弾を放つ攻撃魔法は岩をも砕く威力と同時に、周囲に病魔の呪いを撒き散らすものか)

魔法陣の術式が表示され、それを読み取りわかった事実。

(くそっ、アレを破壊するには対抗術式《カウンター》を組まねばならないが――)

時間が圧倒的に足りない。

読み取った術式から対抗できそうな術式を推測するのはまあ、やれないこともない。しかし数が多く、急いでも間に合わない。

焦るユウキとは対照的に、ルシフェなる女の子は余裕の哄笑を上げた。

「うわははは っ！　恐れておるな？　砕けて言えばビビっておるな？　そうじゃろうとも。じゃがワシの力はこんなもんではないぞ？　今は故あって真の実力は見せてやれんが、これでもオマエなんぞひと捻りじゃバーカバーカ！」

思いきり挑発したかと思うと、

「あ、でも気になっちゃう？『故あって』とか言われたらそりゃあね、ワシでも気になる。でもなー、ちょっとお恥ずかしい話？　みたいな？　公衆の面前で乙女が語るには難しいのよね」

なんだかモジモジしてのち、

「まあどうせ死ぬんじゃし？　オマエに冥途の土産をくれてやる義理もないしなー。残念！」

などと、たっぷり時間をかけてくれたおかげで。

パヒュン。

バリンッ！

「お？」

対抗術式の構築が間に合った。

光の矢がユウキの頭上にいくつも現れる。そのひとつが相手の魔法陣を撃ち抜き砕いた。

「む？　いつの間に？　おのれ、ワシが気分よく話しておる隙に猪口才《ちょこざい》な真似を！　ってオイ待てコラ無言で対抗魔法を撃つでないわ！」

　ユウキはまるっと無視して光の矢をすべて射出した。涼やかな音が鳴り響き、魔法陣はあらかた消失する。

「おのれ〜、一発くらいワシに撃たせんか！　オマエ『空気読めん子』って言われるじゃろ？」

「ひとつでも撃たせれば周囲に被害が及ぶ。これだけ人が集まっている場であんな魔法を撃とうとする君の気が知れないな」

「ふん、虫けらがどうなろうが知ったことか」

　ぷいっと顔を背ける様は愛らしくもあるが、今の言葉はユウキのやる気スイッチを入れるに十分だった。

「どうやらお仕置きが必要なようだ」

「ほざけ。ならば見せようや、ワシの真なる実力をちょこっとだけ、つまりは片鱗をな」

　牙のような八重歯を剥き出し、ルシフェは片手を空に向けた。

　ぼわっと炎が生まれると、それはみるみる大きくなって直径五メートルほどの巨大火炎球に成長する。

「あっつ！」

「おいやべえぞ」

「逃げろ！」

遠巻きに見ていた人たちが我先にと逃げ出した。

（これはまた……威力はイビル・ホークのものより確実に高い）

防御魔法盾を眼前に展開。しかしただ守るだけのものではない。

巨大火炎球の情報を読み取り、相克する〝氷〟の術式を円形魔法陣に書き加えていく。

「うわははは！　魂もろとも焼き焦がせ！」

大丈夫。間に合う。

ユウキはルシフェが片手を掲げた瞬間から相手術式の読み取りを始めていた。向こうが放つよりも早く対抗術式は完成していたから、魔法盾をぶつければ衝撃波も生み出さずに相殺できる。

ところが、である。

「――ん？」

巨大火炎球が、ぷしゅーっと気の抜けた音とともに、空気の抜けた風船のようにしぼんでいき、
ポンッ。

消えてしまった。そして――。

「ぱたり」

なぜか自ら擬音を声に出し、ルシフェが前のめりに倒れたではないか。

「……どうした？」

ユウキの問いかけに、ルシフェは突っ伏したまま消え入るような声で答えた。

「お腹が空いて、力が出ないの……」

しぃんと、逃げ惑っていた人たちも足を止めて静寂が訪れる。

「肉……肉が喰いたい……。じゃが血の滴るやつを胃が受けつけんようになってしもうたワシ……哀しみ」

真なる実力を発揮できない乙女の事情とは、空腹だったということらしい。

「……焼いた肉なら食べられるのか？」

「ん、たぶん。けどワシ、お金持ってないの……」

「人を虫けら呼ばわりするくせに、略奪はしないのか」

「略奪……、カッコ悪い……。貢がれてこそ、魔王……」

変なこだわりがあるらしい。はた迷惑なのは確かだが、どうにも憎めなかった。

さてどうしたものか、と悩んでいると。

「これ、食べさせてあげようかな？」

離れたところで眺めていた若い女性がつぶやいた。手には肉の串焼きを持っている。

「ちょ、やめなさいよ。危ないってば」

「だって可哀そうじゃない。私もうお腹いっぱいだし」

連れの女性が窘《たしな》めるも、ひと口食べた程度の串焼きをゆらゆら揺らしたところで。

ずびゅん、と。

ルシフェがノーモーションでその女性に飛びかかった。

(しまった、間に合わない！)

防御盾を女性の前に展開しようとしたものの、ルシフェがあまりにも早くて追いつかない。

「ひっ!?」

女性は恐怖のあまり目をつむり、串焼きから手を離した。


あーん、バグン！


地面に落ちかけた串焼きをルシフェが口でキャッチ。バリボリと串ごと噛み砕き、ごっくんと全部飲み干すと。

「ふははは！　ワシ、復活！　女、大儀である。褒めてつかわしちゃうからね。うん、変なのも一緒じゃったが美味かったぞ」

元気が出た様子のルシフェだったが、
ぐぅ～きゅるるるぅ……。

「むぅ、まったくもって足らぬ。この三十倍は持ってこいと言いたいが言わないワシ謙虚。供物をせびるってカッコ悪いしね」

お腹をさすりながらしょんぼりする。

「……君はいったい何者だ？　どうして私を襲った？」

「む？　ワシが誰かはさっき言うたぞ。そして忘れたとは言わさん。マグマの中で寝とったワシの安眠を邪魔しおってからに！」

「マグマの、中………？　ああ！　あの黒い妙なものか」

「思い出したか、あーよかった。オマエが妙な術式を使ったものじゃから、ワシは叩き起こされたのじゃ。謝れ！」

「ごめん」

「素直でいい子。褒めてつかわす。でも許してやらん！」

ではどうしろと？

「じゃがこの場で暴れれば、ワシの可愛い信徒が巻きこまれよう。ちなみにオマエじゃぞ？　供物を供した、ゆえに信徒。オーケィ？」

串焼き肉をあげた女性を指差したルシフェは、そのままぐるんと向きを変えてユウキにずびしっと。

「今日はちょっと調子悪いし、特別に見逃してやらんこともない。じゃが！　次に会ったが何日か目。信徒がおらぬところでその命、儚く散らしてくれようぞ！」

つまり次も問答無用で襲いかかってくるとのこと。

（まいったな。街中では被害が出てしまう）

お祭りを楽しむどころではない。

「いいだろう。しかし私は今日でこの街を離れる。君はどうする？」

「うむ、ならば追おう。腹を満たし万全にしてな！　ちなみにどっちへ行くんじゃ？」

「……東だ。魔法国家フォルセアを目指す」

「ほほう？　フォルセアとな」

「知っているのか？」

「いや知らん。まあ東じゃな。わかった、覚悟しておけよ！」

ルシフェは「ふははははは！」と哄笑を上げて走り去った。ものすごいスピードだ。

「仕方がない。キューちゃん、街を出よう」

「キュゥ……」

「なに、祭りは一ヵ月も続く。その間にフォルセアへ赴き、戻ってくればいいさ」

キュキュッと返事をしたキューちゃんとともに、ユウキは王都を去る。

道中での強襲に備えつつ、東を目指すのだった――。

第三章　魔法の国へ向かいます。途中で〝魔王〟と対決です。

ユウキは街道を避け、腰丈ほどの草原を進む。

まん丸な姿に戻ったキューちゃんはほぼ草に埋まっていた。

目指す魔法国家フォルセアは、空を飛べば最速で一日もかからない距離だ。

あえてのんびり歩いているのは、自称魔王ルシフェの襲撃を警戒してのこと。人のいない場所で迎え撃ち、どうにかして説得する目論見だった。

しかし、である。

(三日が経とうというのに、まったく現れないのだが？)

寝るときは火山の山頂に築いたほどの強力結界で守りを固め、男の子の状態では闘気を最大まで広げての監視体制。

気が休まる暇もないが、まったくもってルシフェの気配を感じられなかった。

この三日で男女の入れ替わりタイミングもつかんでいた。寝ている間はそのままで、目覚める瞬間にパッと切り替わるそうだ。(キューちゃん調べ)

そうこうするうち陽が暮れて、林の中で夜を迎えた。

王都で食材を買いこんでいたので火を熾《おこ》して食事をする。

しばらくキューちゃんと遊びながら先へ進み、大きな木の根元を今夜の寝床に決めた。

今のユウキは男の子。魔法が使えないので寝ているときの守りに不安が残る。

起きた直後は戦闘能力が一般人並みの女の子だから、奇襲を受ければ命が危ない。

（まあ、なんとなくだが、あの子は寝ている隙をつくような卑怯者ではないと思うんだよな）

ユウキを叩き起こして口上を垂れ、いざ尋常に勝負という展開が想像できた。

とはいえ魔王を自称する者に善性を期待するのは危険だ。

二晩前は穴を掘って隠れたが、今夜は材料がそこらにあるので。

「よし、できた」

細い枝を組んで檻を作り、肉をぶら下げる。これに食らいつくと檻の入り口がぱたんと閉じる仕組みだ。

貧相な作りなので獣だって脱出は容易い。

ただ騒ぎでこちらが目覚め、対応するわずかな時間を稼ぐ程度のもの。

「キュゥ……」

「うん、君の不安もわかるよ。こんなにあからさまだと、獣だって近づかないだろうな」

やはり穴を掘って隠れようか、と考えたそのとき。

「うっひょぉい♪　肉じゃあ〜♪」

疾風のごとく現れた褐色肌の女の子が、檻に突入してお肉をパクリ。ぱたんと檻の入り口が閉まった。

「もぐもぐなんじゃ!?　もぐコレもぐは！」

（釣れてしまった……）

寝る前なのに。そしてルシフェはぐるぐる目になって、

「よもやワシを捕らえるとは。なんという策士！　あの女じゃな。ちくしょう出せぇ〜」

中でバタバタ暴れるも、テンパっているのか壊して出るという発想がないらしい。

が、白けて眺めるユウキを見つけて言い放った。

「おいそこのオマエ！　誰じゃか知らんがワシを助けよ。早《はよ》うして！」

「なに？　君は……私が誰だかわからないのか？」

「あー、ワシってほら、信徒《ファン》の顔をいちいち覚えるタイプじゃないんで」

そのわりには初対面でこちらを『ユウキなる女』と認識していたが……。

（もしかして、男の姿だからか？　そういえば『魔力の波動』がどうとか言っていたな）

魔力の波動は人それぞれ。女の子の姿のユウキもそれは実感できた。

（しかし、顔は同じなのだからさすがに疑うくらいするのでは？）

ところがそんな様子がまったくない。

油断させようとしている？　いや彼女の性格からしてそれは絶対ないとの確信がある。とはいえ出会ったばかりで何も知らない以上、過信もできなかった。

「なんじゃオマエ、いじけておるのか？　仕方ないのう。特別に覚えてやる。名を申せ」

「……ユウキだ」

「なん、じゃと……？」

ぎろりと赤い双眸が向けられる。さすがに気づいたか。

「ワシが追っておる女と同じ名か。偶然ってあるのじゃなー」

ぜんぜん気づいてなかった。ケラケラ笑っている。

ユウキは脱力して檻の入り口を開けてやった。

「大儀である！　ワシとしたことがちょっと焦ってしもうたが、いつもはあんなじゃないのよ？じゃから『ルシフェちゃんの信徒辞めます』とか言わんでね？」

「私は君のファンではないよ」

「えっ、そうなん？　うっそワシ、早とちりとか恥ずかしい……」

憤慨するかと思ったら、自称魔王は赤面して身をよじる。

「君はその……女の子のユウキなる者を追って、何をするつもりなのかな？」

「もちろん殺害」

「……殺したあと、君はどうするのだ？」

「そこはほれ、せっかく復活したのじゃし？　いっちょ世界を征服してみよっかなーって」

ものすごく軽いノリだが、魔王を自称する実力者なら本気に違いない。

「では、彼女を殺せなければ？」

「優先度とかプライドとかあるからの。この恨み晴らさぬうちは世界を手にするのはお預けじゃ」

となればユウキの選択肢は三つ。

ルシフェを殺すか、封印するか、逃げ続けるか。

(殺すのも封印するのも、元が私の非である以上、選択できないな)

かといって逃げ続けるのも茨の道。

第四の選択肢、『どうにかしていろいろ思い止まらせる』を考え抜かねばならない。

「さて、長話はここまでじゃ。ワシは先を急ぐのでな」

「そのわりには三日も放置していたよな？」

思わずツッコんでしまったが、ルシフェは疑念を抱かず説明する。

「なにせ腹が減っておったからなあ。先の街ではお祭り騒ぎで食い物はたくさんあったのじゃが、なんとワシには金がない。仕方がないのでしばらく日雇い仕事に専念し、たらふく食べて今に至るというわけじゃ」

「……魔王なのに働いていたのか」

「働く魔王がおって何が悪い！　むしろ魔王って働き者よ？　殺し逸《はや》る血気盛んな部下どもを窘めたり、給金で不満が出んよう配慮したり。まあワシほど柔軟志向な魔王ってたぶんおらんけど？」

ふふんと得意げに平たい胸を反らす。

「そんなわけで稼いだ金はもはや尽き、今は返せるものはナシ。いずれこの恩義には報いよう。サインが欲しくば今やるけど？　あ、いらんの？　ではさらばじゃ！」

引き止める間もなく、ルシフェはびゅーんと東に向かって走っていった、のだが。

街道に飛び出した途端、ばたりと倒れる。

（もしかして、王都でたらふく食べたあとは何も口にしていないのでは？）

罠に仕掛けた肉だけかも。

放置はしておけない。飢え死にしては寝覚めが悪いし、今はなにより、

——妙な連中が近づいていたから。

「おい、こんなとこでガキが寝てるぞ？」

「行き倒れじゃねえか？」

五人組の大柄な男たち。腰に剣を差し、チンピラ臭がぷんぷんする。

「む？　なんじゃやオマエらは？　ワシの信徒とか？　あ、誤解しないでよね、ただの確認なんだか

ら！　ついでに腹ペコじゃとも伝えとくかの。わくわく」

ルシフェは顔だけ持ち上げる。

「へえ、痩せちゃいるが器量は抜群じゃねえか」

「髪や肌や目の色も変わってんな」

「けっこうな値が付くんじゃねえか？」

人身売買を想起させる発言だ。

さすがのルシフェも気づいたのか、顔を青くした。

「えっ、これもしかしてワシの貞操ピンチ案件？『くっ、殺せ』ってワシは言われるほうで言うほうになるのはノー感謝なのじゃが⁉」

「安心しろ。売り物に傷をつけやしねえよ」

「売られたあとは知らねえがな」

「その前に、傷つかない程度に楽しませてもらおうぜ」

男たちはルシフェを囲むように寄ってくる。

「ああ、安心した――わけないじゃろ！　オマエら魔王に対して不敬で――や、ちょ、マジで今、力が出ないの。寄るな触るな誰か助けてぇ～！」

ひゅんっ。

ドガッ「ぐわっ⁉」ガキッ「ぐべっ」ガンッ「げびゃ！」ズブッ「ごぼっ」ゲシッ「どびゃ！」

ユウキは男たちの輪の中に飛びこむと、一人ずつ丁寧に気絶させた。

「ヘルプ大儀！　えっ、めっちゃカッコええんじゃが？　惚れてまうよ？」

大興奮のルシフェは横たわったまま絶叫する。

「よし決めた！　そなたを我が騎士に任命しよう。暗黒騎士、爆誕！　そして魔王と禁断の恋へようこそ！　そしてワシ、お腹空いたなー」

なんだか妙な展開になったが、これで女の子ユウキを見逃し、餌を与えて世界征服もやめてもらえないだろうか？

どちらも無理っぽいが、いちおう交渉をしてみることにした。

悪漢どもから助けた対価に女の子ユウキを見逃してくれないかと頼んでみたところ。

（もらえないだろうなあ……）

「嫌じゃ」

速攻で拒否された。

「だいたいじゃな、なんでオマエがあの女の命乞いを……はっ⁉　まさか！」

「ああ、そうだ。私は寝て起きると「あの女に惚れておるのか！」性別が、って、え？」

「じゃがオマエも追いかけている風であることから、付き合ってはおらんな？　ダメじゃろ〜、ストーカーみたなマネしちゃ〜。じゃが一途なとこはポイント高いよ？　ワシ的にはね」

「キュキュキュッキュ」

「む？　なんじゃこの丸いのは？　ふむ、姿は違えどあの女と一緒にいたウサ耳姉ちゃんではないか」

やはり見た目ではなく魔力の波動で認識しているようではあるのだが、

「オマエ置いていかれたのかー。あやつめ、なんとも薄情な女じゃのう」

「キュキュゥ、キュキュキュキュ！」

「はっはっは、なに言うとるかさっぱりわからん」

いっそ目の前で寝て起きて現実を突きつけてやろうか。

（しかし……それで男の子の姿でも命を狙われるのは気が休まる暇がない）

ルシフェに会うのは男の子のときだけに注意して、時間を稼ぎつつ彼女の嗜好を吟味し、説得へ向けたほうがよい気がした。

（性根の悪い子では、ないと思うのだよなあ）

できれば良好な関係を築きたい。破天荒な言動はあっても、諭せば御せなくもないとユウキは考えた。

腰のポーチから紙の包みを取り出し、ルシフェに与える。

「む？　えらく固いパンじゃのう。ワシ、肉のほうがええんじゃが？　ま、贅沢は言わん。肉のほうがええけども」

贅沢を言いつつ、がつがつと貪り食う。

「ちょっと元気出た。礼を言うぞ、暗黒騎士ユウキよ」

「私は君の部下になるつもりはない」

「登用失敗でワシしょんぼり。ま、その気になったらいつでも仕官を申し出るがよいぞ。毎時毎分ウェルカムじゃからの。では今度こそ、さらばじゃ！」

「待て」

「おう？　秒で考えくるりんぱ？」

「あれだけの食事では道中でまた倒れるぞ？　狩りをするなりはできないのか？」

「狩りはできる。じゃが生肉が食えんようになってのう。焼こうとしたら消し炭になったし。火加減って難しぃ」

「山菜なり木の実なりを採って食べればよいのでは？」

「ワシの口には合わん。今のパンとて無理して食ったからの。信徒の供物は大切にね。信徒じゃなくても頂き物は無駄にはできん。もったいないオバケ怖い」

　実に律儀な魔王である。

「なら道中の町なり村でまた働いて、今度は計画的に食料を貯めこんで旅をするのだな」

「むぅ……また働くのか。仕方がないのう。じゃが町なり村なりまでワシの腹がもたんかもなあ。困ったのう」

　チラチラ視線を投げて寄越すルシフェの言いたいことはわかる。

ることにした。

「よくぞ申した！　ワシ感激。ならば行こう、すぐ行こう！」

今は夜だが寝るわけにもいかず、ユウキはこちらも仕方なく、自称魔王としばらく行動を共にす

チンピラ風の男たちは蔓で縛って木に吊るす。

『この人たちは盗賊です』

との張り紙をペタリと貼って、ルシフェを連れて街道を歩いた。

途中、小動物や鳥を狩って調理し、ルシフェに与えた。

男の姿で魔法は使えないが、火魔法の加減をレクチャーもする。

そうして遅々と街道を進むうち、林を抜けて山岳地帯へ入った。夜明けが近い。

「ワシ、眠いんじゃが……」

「ここを越えれば集落があるかもしれない。もうすこしがんばれ」

「ん、がんばる……」

眠そうな目を擦りながらルシフェはふらふらついてくる。だが足取りは覚束ず、なにより遅い。

(仕方がないな)

キューちゃんを頭にのっけ、片手にはトランク、もう片方の腕でルシフェを抱え、飛行用マントで空を翔けた。

「便利なものを持っておるのう。ワシも翼が生えれば飛べるのじゃが」

「君は中途半端に復活したから本来の力が出せないでいるのか？」

「うむ。ワシはまだまだこんなものではない。あと三十二回は変身を残しておるからな！　この意味がわかるか？」

「遠いな」

「うん、遠いのう……。まだ人里には着かんの？」

話題をコロコロ変えないでほしい。

ルシフェは本格的にお眠《ねむ》になったらしく、うつらうつらしたかと思えばくかーと寝てしまった。

ぐねぐねした山道を無視して真っ直ぐ山を越えると。

「おいルシフェ。町……いや村か。あったぞ」

出てきたばかりのお日様に照らされ、山の中腹に集落を見つけた。

高い柵に囲まれた中に、二十ばかしの家々が密集している。三軒は他よりもずいぶん大きい。宿場なのか、馬車が数台停まっていた。

「ほにゃ？　おお、あるな。くっくっく、腕が鳴るわ。楽して稼げるところはあるのかの？」

「宿場町のようだから働き口は期待できそうだ。ともかく行ってみよう」

スピードを上げ、集落にたどり着く。朝早いからか人影は見当たらなかった。

はた迷惑にも、ルシフェはユウキに抱えられたまま大声を張り上げる。

「我こそは闇を統べ混沌を吐く〝災厄の魔王〟ルシフェ様である！　ここで働かせてください！」

「その自己紹介はやめたほうがいいぞ？」

誰も『魔王』だと信じる者はいないだろうが、変な奴だと思われたら雇ってくれないかも。

嘆息したユウキだったが、次なる光景に目を疑う。

あちこちの家から住人たちが飛び出してきた。

慌てふためき、空に浮かぶユウキたちを見ると絶望したように顔を青くしたり恐怖に引きつったりして、

「ようこそお越しくださいました！」

「すぐにお食事をご用意いたします！」

「ですからなにとぞ、お怒りをお鎮めください！」

誰もかれもが平伏し、地面に頭を擦りつけた。

「お？　ここってワシの信徒が集う村じゃったか」

「いや、なにか様子がおかしい」

ユウキは不穏な何かを感じ、年長者を選んでその前に降り立つのだった——。

＊　＊　＊

大勢の人を引き連れ、彼らと同じく平伏する老人の前に降り立つ。彼は年長者であると同時にこの村での権力者であることを漂わせていた。

「私たちは旅の者です。今日、初めてここを訪れました」

老人は恐る恐る顔を上げ、困惑した様子で尋ねてくる。

「あ、貴方がたは、魔王様の使徒様ではないのですか？」

「うむ、使徒ではなく魔王本にむぐっ、むぅ～」

寄ってきて余計なことを言いかけたルシフェの口を手でふさぐ。

「違います。その魔王がどうとかがよくわかりません。よろしければ詳しく話を聞かせてもらえませんか？」

老人は振り返り、背後にひれ伏していた人たちと顔を見合わせる。

やがてユウキへ向き直って立ち上がった。

「わかりました。空を飛べるほどですから、高名な魔導士様とお見受けします。どうか……どうかこの村を救ってくだされ」

目に涙を浮かべてユウキの手をぎゅっと握った老人に連れられ、大きな建物の中へ入った。

通されたのは広い宴会場だ。テーブル席がいくつも並んでいる。

そのひとつにユウキは腰かけ、対面には老人と、左右に中年男性と若い女が座った。

ちなみにルシフェは別のテーブルに座らされている。

宴会場までの途中、ユウキは老人にお金を渡し、『彼女に何か食べる物を与えてください』とお願いしておいた。話の腰を折られたくないからだ。

「むっひょぉ！　これ、全部食べてよいのか？　よいのじゃな？　いっただっきまーす！」

料理はすぐに運ばれてきた。これで話に集中できると、ユウキは自己紹介をする。といっても名前を告げる程度だ。

「私はこの村の長《おさ》で、ここの宿を営んでおりますケールと申します。こちらが息子のテオドワ、そしてこちらは――」

老人――ケールは苦渋を眉根に集めて告げる。


「魔王様への次なる供物、マドレーです」

若い女性――マドレーは疲れきった表情でうつむいた。

「人を差して『供物』とは穏やかではありませんね。その魔王とやらは、人食いの魔物か何かですか？」

「その正体は定かではありません。五日ほど前の、ことでした――」

ケールはぽつりぽつりと、頭の中で話をまとめながら語る。

五日前のお昼どき。村全体を揺るがすほど重く大きな声が響いた。

自分は魔王である。この村を支配下に置いた。誰も村から出ることは許さない。誰かを入れるのも禁止する。毎朝三十人分ほどの食事を用意し、村の外へ運べ。その際、若い女を一人、必ず供物として捧げよ。

一方的に通達してのち、村の近くにある山肌が大爆発した。村の中にあった空き家も呼応するように跡形もなく吹っ飛ばされたのだ。

それほど高位の魔法を操る相手に、村人たちは震え上がった。

「そして村を見下ろすようにヘルハウンドの群れが村を囲みました。夜になるといなくなりましたが、我らは一歩も村から出られず、たまたまここを訪れていた旅の方々も足止めされており、どこへも助けを求められていないのです……」

村の入り口は封鎖し、この五日で新たにやってきた旅人は村へ入ることを許さなかった。

彼らに窮状を訴える手紙を渡そうとも考えたが、それで魔王の怒りを買って村が全滅する事態は避けたいと村長ケールは実行に移せなかった。

「ヘルハウンドは村を襲ってはこなかったのですか？」

「はい、『いつでも村を襲える』との脅しだったのでしょう。しかしその数は百を優に超えます。あれが襲ってくればこんな小さな村、たちまち滅んでしまいます」

ふむ、とユウキは一度うなずいてから、

「十中八九ハッタリですね。確証を得たらすぐに連れ去られた村人たちの救助に向かいましょう」

「えっ？　あの……え？」

ケールとその左右に座る男女が目をぱちくりさせる。

「今の話には不可解な点がいくつもあります」

村を全滅させるほどの力があるなら、最初にそれをやってしまえばいい。

「魔王とやらの要求は二点。うち、食事は必要な人数を残しておけば事足ります。酷い言い方で申し訳ないですが、村人全員を生かしておく必要はまったくありません」

そもそも食事と女性を要求することからして実に人間臭い。

それ以上の要求がないことからも、『バレるまで飯と女を貪りつくしてやる』との意図が透けて見えた。

(もしくはこの地で何かをやろうと企み、その時間を稼ぐためか)

こちらは要点が定まらないので黙っておく。

「山肌と家を爆破したのも、力を誇示するにしてはお粗末です。魔法でなくても爆発物で実現できますからね。というか、空き家を爆破したのは事前に仕掛けていたからだと思います」

「では、ヘルハウンドの群れは……？」

「幻影魔法……なんてものを使わずとも、ハリボテを置いておけば遠目で信じさせることができるかもしれませんね」

「わ、私たちは、魔王を騙る誰かに謀られていたのか……」

「確証はありませんが、疑ってかかってよいかと。ひとまず爆破された現場を見てみますよ。魔法で何かしたのなら、痕跡が残っているはずです」

そのためには一度寝て起きなければならない。女の子の姿でないと魔法的な調査は行えないからだ。

（となると問題は……）

ユウキはちらりと横を見た。

「うんまぁい♪　ワシって濃い口が好きじゃからちょいとご不満がなくはないが、この量は大満足じゃよ？」

幸せそうに料理をかきこむ、こちらの自称魔王様をどうにかしなければ。

女の姿のユウキを追う彼女と鉢合わせするのは避けたい。

「ルシフェ、私は外を調査してくる。君はここで村を守ってくれないだろうか？」

「なんでワシが？」

「君は信徒に優しいと思ったのだがね。その食事は、君への供物だろう？」

「なるほどたしかに」

「君を差し置いて魔王を騙る者にお仕置きも必要だ。その人物は私が見つけよう。君はここでどんと構えて吉報を待っていてくれ」

「よかろう！　でもたぶん暇じゃから遊び相手を寄越せ！」

ユウキはケールに小声で告げる。

「彼女は任せます。魔王がどうとか言っても無視してよいですし、おだてていれば害はありませんからよろしくお願いします」

「え、ええ……。わかりました」

こうしてユウキは村長の息子テオドワに案内され、キューちゃんを連れてまずは崩落した現場に向かった——。


土や岩が山盛りになっている場所に到着する。二十メートルほどの高さにある山肌がごっそり削られていた。

案内したテオドワが当時の状況を語る。

「閃光が弾けたかと思うと、轟音とともにあそこが大爆発を起こしたんです。うちの宿なんて一撃で木っ端みじんでしょうね」

村はここからでも目視できる。爆発と崩落を目の当たりにした村人の恐怖はよく理解できた。

「ありがとうございます。では調査しますので、テオドワさんは戻ってください。ああ、ひとつ確認したいのですが、この辺りに二十人近くが隠れられるような場所はありますか？」

「二十人、ですか？」

「魔王を騙る何者かがいたとして、食事の量からして十人から十五人といったところでしょう。連れ去られた人が今ところ四人ですから、多くて二十人近くが隠れられるところです」

「……あります。が、特定は難しいですね。村からすこし離れれば森がありますし、この辺りには洞窟も多い」

「なるほど。では、これまでと同じように行動するよう、皆さんに伝えてもらえますか？」

「これまでと同じ……食事を用意して、マドレーも、その……」

「ええ。私はそれまでに戻り、連中が隠れている場所へ運ぶ際に後をつけ、拠点を暴きます。今まで囚われた人たちがそこにいる可能性は高い」

テオドワは「わかりました」と一礼して、急いで村へと戻っていった。

ユウキはその場に寝ころぶと、目を閉じて眠りにつく。

「キュキュッ！」

事前にお願いしておいたので、キューちゃんがすぐさまユウキの頭の上でぴょんぴょん跳ねて叩き起こした。

「キューちゃん、ありがとう。さて……胸の収まりが悪いが仕方ない。我慢して調査しよう」

ふわりと浮いて、削れた山肌に意識を集める。半透明のウィンドウが表示され、情報がつらつら流れていく。

「……火炎系魔法か」

わずかながら痕跡が残っていたので読み取れた。

とはいえ『大爆発』を起こすような威力のある魔法ではない。小さな火球が放たれただけだ。

(それ以外に魔法の痕跡は見当たらない。やはりこの場に大量の火薬を仕掛け、火炎系魔法で爆発させたと考えるのが妥当か)

断定するのは危険だが、次なる場所で証拠を集めよう。

ヘルハウンドの出現場所へと移動した。ここに魔法の痕跡はまったくなかったが、

「これは……何かを引きずった跡だな」

それがいくつも続いている。辿っていくと、茂みの中にそれらは隠されていた。

「なんともお粗末だが……だからこそ効果があった、ということか」

しぼんだ毛むくじゃらの何か。空気を入れると馬サイズの狼に見えなくもない。

ひとつを持って、ユウキはキューちゃんを抱えて村へと戻った。

村の一角に、無残にも粉々に吹っ飛ばされた家屋跡がある。

同じく魔法の痕跡を見つけて調べてみれば。

（これも小さな炎を生み出す程度のものか。しかも時限式とはな）

ちょっとしたトラップ程度の魔法だ。家を吹っ飛ばすには足りない。となるとやはり、トラップ魔法を仕掛ける際に大量の火薬を持ちこんでおいたのだろう。

だが一方で、柵で囲まれた村に侵入するのは危険を伴う。

「であれば、旅人に扮して村を訪れたと考えるべきだろう」

マズい、とユウキは最初に案内された宿へ向かう。


（今もまだ、あそこに滞在している『仲間』がいるかもしれない）


いたとしても彼ら自身が村から出てはならない対象ではあるため、簡単に仲間と連絡できるとは思えない。が、のんびりはしていられなかった。

ユウキとルシフェの存在が外の連中に知られる前に手を打たなければ。

（ルシフェに見つかると厄介だが……まあ、どうにかしよう）

宿に戻り、村長のケールを呼び出した。

調査結果を報告し、空気の抜けたヘルハウンドのハリボテを見せると、ケールは怒りにわなわなと震えた。

「気持ちはわかりますが感情は抑えてください。ところで、ルシフェは何をしていますか？」

「はい、子どもたちと遊んでいますよ。あちらで」

窓の外を見ると、子どもたちと追いかけっこに興じる自称魔王様がいた。

「む？　この気配、この匂い。あやつめがおるのか！」

さっそくバレそうになったので、キューちゃんを派遣した。

「なんじゃオマエか」

ホッとしたのも束の間。

「いややっぱりこっちにおるとみた！」

ずびゅんと一足飛びに近づいて、窓を蹴破ってユウキの前に躍り出た。

「ここで会ったが何日か目。今度こそぎゃふんと言わしてやるからなー、覚悟せよ！」

「ぎゃふん」

「言っちゃった！　でもそれで許してはやらんぞ！」

ギラリと赤い双眸が光る。

「待て。私は君のファンのために動いている。男のユウキなる者に頼まれてな」

「オマエもあいつを狙っとるのか⁉　つまりは『恋敵』と書いて『ライバル』と読む的な！」

「なぜそうなる？　ともかく今は共闘とまではいかなくとも、互いに足を引っ張らないようすべきでは？　ファンのためだ」

「ふむ。一理あるのう。私怨に感けて信徒をないがしろにするな、とは母上の言葉じゃ」

こんな素直な魔王に育ててくれた母親には感謝しかない。

「で？　ワシは何をすればええんじゃ？」

「今はまだいい。そのうち男のユウキがやってくるから、その指示に従ってほしい」

ユウキはルシフェからケールに顔を向ける。

「この村に滞在中の旅人はどのように過ごされているのでしょうか？」

「何もしないのは逆に落ち着かないと、いろいろお手伝いしてくれております。っ!?　まさか彼らが……」

「最初に手伝いを申し出た者が怪しいですね。が、今は素知らぬふりをしていただきたい。誰ですか？」

ケールは宿の食堂にユウキを案内した。

従業員の他に、旅人らしき者たちが食事を木箱に入れる手伝いをしている。

ケールがこっそり指差したのは、くすんだ金髪を後ろで束ねた背の高い女性だった。

（……あの女、魔力が比較的高いな。時限式の火炎系魔法を使えるようでもある）

女の近くにいる男二人の目つきがふつうと異なり鋭いようにも感じた。

女と目が合うと、冷たい視線をこちらに投げてのち、すぐに作業に戻った。

捕らえて白状させる選択は危険だろう。

何かしらの連絡手段で外の連中に気づかれたら、人質の命が危険にさらされる。

（調査はもういいだろう。となれば――）

ユウキは一室を借り、再び眠りにつく。

徹夜していたので入眠は早かった。しかし寝てすぐ起こされるのはとても辛い。しかも今日は二回目だ。

「ありがとう、キューちゃん」

「キュキュゥ……」

心配そうな顔をしているこの白い生き物は、ユウキの鼻と口をふさいで起こしたのである。それほどまでしないと起きなかったのだが。

頭がぼーっとしているがもうすこしの辛抱だ。もうすぐ、この茶番も終わる。

ユウキはこっそりルシフェを呼び出し、焼いた肉を与えた。

もぐもぐ食べる彼女に耳打ちする。

「また妙なことを頼むのじゃなあ。ま、肉を供された以上、オマエの指示に従ってやろう。ワシって寛大」

「ああ、頼むよ。では、くれぐれも見つからないようにな」

最後に念を押し、ユウキはその場を離れるのだった――。

＊　＊　＊

くすんだ金髪をした若い女が、食堂で黙々と作業していた。

隣にいた男が小声で尋ねる。

「おいデボエ、あのガキどもはなんだよ？　この場合ってどうすりゃいいんだ？」

女――デボエはぎろりと男をにらむ。

「問題ないわ。あちらの準備はもう終わるころだもの。だからこんなつまらない作業は今日で最後よ」

男と、もう一人そばで聞いていた別の男も喜色を浮かべる。

「ようやくかよ。へへ、これで太古のお宝は俺たちのもの……」

「あんたら二人と俺らで山分けってのは気に食わねえが、それでも大金だ。千年祭で遊びまくってやるぜ」

デボエは表情を変えずに鼻で笑うも、

（いやいやいや！　なんなのよあの子どもは!?　飛翔魔法ですって？　冗談じゃないわ！）

内心では焦りまくっていた。

空を飛ぶ。それだけでとんでもない魔導士なのは確定だ。

村長たちと何を話していたか知らないが、きっとこちらの手の内――火薬で大魔法に見せかけたのはバレているだろう。

ただ、こちらの真の目的までは知れていないはず。

自分が〝魔王〟を騙る者たちの一味であるとも気づいていない。もし気づいていたらすぐにでも拘束するに違いないと高をくくっていた。

(大丈夫。ライモンがうまくやっているわ。そしてアタシたちは、真なる〝魔王〟の力をこの手につかむのよ)

彼女は盗賊たちと手を組んだ、二人組の魔導士だ。といっても魔法の力は一流にはほど遠く、犯罪者として追われる身でもあった。

デボエとこの場にいないライモンは、遥か昔に神々の手で封じられた魔王の文献を目にする機会を得た。そして調査するうち、この地にそれらしき〝何か〟が眠っている情報を入手する。

文献の魔王がルシフェかどうかはさておき、デボエたちはこの地に眠る〝何か〟を復活させて使役する算段をつけていたのだ。

そのためには生贄が要る。

だから数日を要する儀式に合わせ、一人ずつ女を用意させた。

そして、『太古のお宝』と偽って協力させた盗賊たちもまた、生贄にするつもりであった——。

デボエと盗賊の男二人は、いつものように食事を乗せた荷車を押して、村人数名とともに絶壁沿いの森へと向かう。

今日の生贄はマドレーだ。諦めきった表情で荷車の上で揺られていた。

空飛ぶ子どもは同行していない。

このチャンスを逃してはならないと、森の中の開けた場所に荷車を停めるや、行動に移した。

「アンタたちも一緒に来てもらうよ」

手のひらに火球を生み出し、村人の足元へ叩きつける。弾けた火球にみな身を竦ませた。

「ど、どういうことだ?」

「今日はアンタらも魔王様への供物になってもらう、ってことよ」

「大人しくしねえなら、今ここで殺しちまうぜ?」

「ま、諦めるんだな」

村人たちは互いに顔を見合わせる。

荷車にいたマドレーはきゅっと唇を引き結び、つぶやいた。

「やはり、貴女たちだったのですね……」

「あん? それはどういう意味――」

デボエが鋭い視線をマドレーに突き刺した、直後だった。

「うわははは っ! 話はまるっと聞かせてもらったぞい。闇を統べ混沌を吐く〝災厄の魔王〟ルシフェ様、満を持しての登場である!」

荷車の中から飛び出した、褐色肌の女の子。焼いた肉を両手に持ち、ガジガジかじってご満悦。

「なっ⁉　アンタいつの間に⁉」

「ビビッておるな？　あ、なんかコレ気持ちいい。想定通りに事が運ぶってええものじゃな。ワシが考えたわけじゃないけども」

荷車の上でふんぞり返ったルシフェは手にした肉をガジガジかじる。

「はんっ！　ガキが寝言ほざいてんじゃないわよ！」

デボエが目配せすると、木々の裏手に隠れていた盗賊の仲間たちが飛び出してきた。本来は食事を運ぶためにいたのだが、荷車の周りを取り囲む。

「アンタはあの魔導士の連れよね？　いい人質になるわ」

にぃっと口の端を持ち上げるも、ルシフェはカラカラと笑う。

「雑魚どもがわらわらと出てきよる。しかし男ユウキの言ったとおりじゃな。アヤツめ、なかなかの策士よのう。うん、やっぱ配下にしたい。暗黒騎士枠は確定じゃな！」

ルシフェはぴょんと荷車から飛び降りるや、

「ぐわっ⁉」

「げぼぉっ」

「ぶべぇ！」

瞬く間に三人を殴り倒した。

「ぇ……、うそ……」

デボエは愕然とし、残る盗賊たちも目を丸くする。

「むぅ、しかし『殺すな』とはまた厄介なオーダーじゃ。めんどくさー。でも肉もらったからワシがんばるー」

ギラリと赤い双眸を光らせ、こきこきと指を鳴らすと、

「くそっ！」

荷車を囲んでいた盗賊が一人、全力で逃げ出した。

「む？　愚かな。災厄の魔王たるワシから逃げられると思うたか！　でも追わない。そう言われたからね」

ルシフェはにっこり笑うと、

「でもオマエらは逃がさんぞー」

恐怖に震えるデボエたちを、あっという間に地に伏せた——。


逃げ出した盗賊の一人は、森の切れ目へと逃れてきた。

そこは断崖絶壁であり、三メートルほどの歪な半円をした洞窟の入り口がある。

「ん？　なんでお前一人なんだ？」

入り口の脇に立つ男が声をかけた。盗賊の一味で見張り役だ。

「デボエたちが襲われた。えらく強《つえ》えガキンチョがいてよ」

「村の連中が反撃してきたってのかよ。デボエたちはどうした？」

「俺は途中でこっちへ知らせに来たからわからねえ。けどたぶん……」

全員が取り押さえられているだろう。それほどに圧倒的な強さを白髪で褐色肌の子どもは持っていた。

「ともかく、ライモンの旦那に知らせねえと」

見張り役の男は逃げてきた男とともに、洞窟の奥へと進んだ。

洞窟内は点々と燭台の灯りに照らされていたが薄暗く、足元に注意しなければつまずいてしまうほど。

ようやく一番奥にたどり着くと、そこには数名の仲間の他に、毎日一人ずつ連れてきた村の女たちが足枷を嵌められ寄り添うように座っていた。

「ライモンさん、やべえことになったぜ」

逃げてきた盗賊が駆け寄ったところは壁面に巨大な魔法陣が薄ぼんやりと浮かび上がっていた。

そこに向かって熱心に呪文を唱えていたローブ姿の男が、詠唱を中断して振り返る。

頬のこけた青年だ。メガネの奥の糸目が話しかけてきた男を冷ややかに見つめた。

「村の住民が暴れでもしましたか？」

かすれた声の主の名はライモン。デボラの仲間であり、魔導士でもある。

「ああ、飯を運んできたとこで妙なガキンチョが現れてな。俺らの仲間を猫の子蹴っ飛ばすみてえに倒しちまった。俺は途中で逃げてきたんだが、たぶんデボラさんも……」

「ふむ。跡はつけられていないのですか？」

「そこは警戒したさ。抜かりはねえ」

ライモンは顎に手を添え、思考を巡らせた。

（王都から調査のため何者かが訪れたのでしょうか？）

宿場町に訪れた旅人が追い返されたのを不審に思い、王都で報告したのかもしれない。だが王国軍がやってきたとしても『不審』なだけなら少数だろう。

デボラや盗賊の数名を倒すとなれば手練れに違いないが、子ども一人というのが引っかかった。

（どのみち我らの存在が露見したなら時間はありません。儀式は最終段階ですし、この場にいる者たちだけでもギリギリ足ります）

ライモンはちらりと女たちを見た。

デボラにも黙っていたが、彼女たちを生贄にする予定はなかった。あれこれ理由をつけて盗賊たちにも手をつけさせなかったのは、儀式が終わったあとに自分が楽しむためだ。

生贄は、頭の緩い我欲に塗れた盗賊たちで事足りたのだが、致し方ない。

（ま、女など後でいくらでも攫えますね）

この地に眠る古の魔獣の力を得れば、国を滅ぼすこともできるのだ。

「儀式を早めましょう。皆さんは女たちの側に集まってください」

「仲間を見捨てるのかよ？」

「まさか。儀式を終えたらすぐ救出に向かいます。策はありますから、安心してください」

嘘を並べ立て、壁面の魔法陣に向き直る。

この期に及んではライモンの言葉を信じる以外にない盗賊たちが、言いつけ通りに女たちのところへ向かう足音を聞きながら、呪文を再開した、そのときだ。

「な、なんだテメエは⁉」

「いつの間に入りやがった⁉」

「ぐわっ！」

「げぼぉっ！」

肉を殴打する音も交じる。ライモンが振り返ると、そこには——。

「ここがアジトで間違いなさそうだな。そしてお前が〝魔王〟を騙り村の人たちを脅していた首謀者か」

男とも女とも見える、黒髪の子どもが盗賊たちを殴り倒していた——。

この少し前。

ユウキは遥か上空から食料を乗せた荷車を眺めていた。

打ち合わせ通りにルシフェが飛び出し、盗賊たちの一味をバッタバッタと薙ぎ倒している。

やがて一人が逃げ出した。

それを上から目視で追跡し、洞窟へ入ったのを確認してその後を追う。

会話から何かしら忌まわしい儀式の最中だったのには驚いたが、やることは変わらない。

ローブ姿の青年以外を沈黙させ、囚われた女性たちの足枷を殴って砕いた。

「皆さんを迎えに来ました。私と一緒にここを出ましょう」

安堵に涙する女性たちから視線を移し、首謀者の青年を見据える。

「ライモンといったな。お前は両手を頭の後ろに回し、私たちの前を歩いて洞窟を出ろ。妙な動きをすれば殴る。手加減はするがけっこう痛いぞ?」

ただの子どもと侮れない。たった今、不意打ちとはいえ屈強な盗賊たちをあっという間に倒してみせたのだ。

「貴様は……何者ですか?」

「質問は後で受け付ける。早くしろ」

話す間に倒された盗賊たちが目を覚ませば、との目論見は見透かされているようだ。

（もはや、これまでですね……）

ライモンは静かに目を閉じ、頭の後ろに手を回——そうとして、タンと後方へ跳んだ。上げかけた手を壁に浮かんだ魔法陣に添えるや、

「古の魔獣よ！　そのおぞましき力を我に与えよ！」


儀式に必要な呪文の残りをすっ飛ばし、魔法陣を起動させた。

まばゆいばかりの光が洞窟内を照らす。

「はははははっ！　完全なる移譲とはいきませんが、一国を亡ぼすほどの膨大なる力の大部分が私のものだ！　さあ、生贄は用意してあります。彼らを食らって私に——ぇ？」

魔法陣は光を発しながらも、その中央からどす黒い影に浸食されていく。黒い影はわずかに壁面から盛り上がり、ライモンの手を包みこんだ。

「いや、ちょ、何をしているのです？　わた、私じゃない！　私は生贄ではない！」

手首から先が完全に黒い何かに囚われ、ライモンは壁面——魔法陣に引きずり込まれていく。

「だから違う！　私ではなくあっちのぉ!?　ぐぎゃぁ!!」

がしっと、沈みゆく腕の側の肩がつかまれる。ものすごい力で引っ張られ、無理やりに引き抜かれた。そのままぽーんと体ごと放られる。

「は？　ぇ……？」

ライモンが混乱しながらユウキを見る。

ユウキは彼に一瞥もくれず、魔法陣を睨みつけていた。

(あの男を助ける義理はない。しかし……)

アレに取りこまれれば、何かよくないことが起きると直感した。

「行け！　お前たちも起きて逃げるんだ」

ユウキは気絶した盗賊たちの頬を叩いて起こしていく。

気がついた盗賊たちは何がなんだかわからないながらも、魔法陣から伸びてきた黒い触手のような影に怯え、一目散に洞窟の出口へ走った。

「はっ！」

ユウキは闘気をぶつけて触手じみた影を弾き飛ばす。しかし飛散した一部は魔法陣に戻り、そこからまたうねうねと黒い影が伸びてきた。

「みなさんもこちらへ。私が守りますから、慌てずに」

捕らわれていた女性たちは固まって歩き出す。気持ち速足だが、足元が悪くつまずきそうになった。

触手じみた影は壁から数メートルの範囲までしか伸ばせないらしく、うにょうにょと何かを探すように蠢いている。

それでも警戒しつつ、どうにか洞窟の外へ逃れてみたら。

「なんじゃ男ユウキよ。オマエにしては詰めが甘いのう」

ルシフェがによによしていた。

「見たか！　出てきた端から愚昧《ぐまい》なる者どもを捕らえたワシの手際の良さを。あ、それは見とらんかったな。でもわかるじゃろ？　ぞんぶんに褒めるがよい！　頭とか撫でてもいいのじゃよ？」

腕を組んでわっはっはと高笑う彼女の周りには、縄で雑にぐるぐる巻きにされた盗賊たちとライモンが転がっていた。

「ところで洞窟の中から妙な気配を感じるのじゃが？　なんかあったの？」

ルシフェが小首を傾げた次の瞬間。

ドドーンッと。

大地が揺れた――。

＊　　＊　　＊

大地が上下に振動する。しかしすぐにそれは治まり、静寂が訪れた。

「今のなんじゃったの？」

「わからない。ただ――」

ユウキは内部の状況を説明した。

「ふむ。よくわからんが、その黒い妙なもんがワシを差し置いて〝魔王〟を騙る不敬者じゃな」

「いや、そいつが魔王を自称したわけでは――」

「うわははは！　痴れ者めが。正真正銘、混ぜ物ナシの真なる魔王の力を見せてくれよう！」

ルシフェは止める間もなく、びゅーんと洞窟の中へ飛びこんでいった。

「なんかうねっとるぅ〜！」

しかしすぐさまぴゅーんと戻ってきた。

「なにアレ⁉　悪魔的水棲生物の脚みたいなのがうにゅうにょ〜って動いとったんじゃが？　動いとったんじゃが⁉」

「……触手系が苦手なのか？」

「いかに男ユウキといえど聞き捨てならんな。ワシを誰と心得る！」

『闇を統べ混沌を吐く〝災厄の魔王〟』だったか」

「正解！　褒美に干し肉をくれてやろう。それちょっと硬くてなー、ワシの口にはなー」

どこから取り出したのか、干し肉を押しつけられるユウキ。

話を逸らされたのかと思ったが、ルシフェは平然と話を戻す。

「よいか男ユウキよ、ワシはウニョウニョしたりヌメヌメしたりするのが苦手なのではない。めちゃくちゃ気持ち悪くて関わりたくないだけじゃ」

「それを苦手というのでは？」

「そなの？　じゃあ苦手ってことで」

わりと素直な自称魔王。

「それでルシフェ、ライモンは魔獣と言っていたが、アレが何かわかるか？　そして今どんな状況にあるのか」

知っていそうなライモンは気絶しているので、ルシフェに尋ねた。

「どっかで感じた魔力のような気がするのじゃが忘れた。そして状況は説明が難しいのう。言うなれば『トイレですっきりしていざ出ようとしたらカギが壊れておったからパニクってドアに体当たりをしておる』というところかの」

絶対にそんな状況ではないとは思うが気持ちは伝わってくる不思議。

「生贄がなければ開かない扉のように思うが……」

「んなもん、気合でなんとかなるなる」

「ではいずれドアを破壊して出てくる、ということか」

「そうじゃな。出てきたところをメタクソにしてやるか！」

「それより封印をやり直したほうがいいのではないか？」

「封じる系の魔法は知らぬワシ。やっつければよかろうなのじゃ！」

ユウキは考える。

はたして自分でも封印できるだろうか？　封印が解けたとして戦いが避けられるならそうしたい

が、どう転ぶかわからない以上、今やるべきはひとつ。

「戦闘になればみなの命にかかわる。ここに留まってはいられないな。一度村へ戻ろう」

ルシフェが魔法的に拘束した盗賊たちを引きずり、ユウキは助けた女性たちを誘導して、村へと戻った。


大きな宿の食堂に集まる。

村長たちに事情を説明し、ライモンや盗賊たちはルシフェの魔法的拘束はそのままに、ロープでぐるぐる巻きにした。

まだライモンとデボエは目覚めない。

ユウキは手鏡を取り出し、通信魔法を起動した。呼びかけてしばらく、手鏡の中に少女の顔が映し出される。

『ユウキ様？　どうかなさいまして？』

興味津々でユウキの背後にいた村長ケールやその息子テオドワがぎょっとする。

なにせ手鏡に映っているのはこの国の王女、マリアネッタなのだ。

「実はな――」

ユウキは状況を説明する。

『な、なるほど。ユウキ様は、すでに王都を離れていたのですわね』

しょんぼりするマリアネッタだが、気を取り直して表情を引き締める。

『千年祭で王都以外の警備が手薄な隙をつかれましたわね。我が国の民を救ってくださり、父王に代わり感謝の意を述べさせていただきますわ』

ぺこりと頭を下げたマリアネッタは続ける。

『さっそく兵を送り、犯罪者どもを引き取ります。しかし……』

「ああ、まだ魔獣とやらの問題が残っている」

今もときおり地面が微かに揺れていた。封印が解かれかけているのだ。

「その魔獣がどういったものか、君に心当たりはないか？」

『そうですわね……。この国には各所に強大な力を持つ魔獣が眠っているとの伝説はありますの。その地域に関わり、かつ有名なところで言えば『八つ首の大蛇』でしょうか』

「ヒュドラ……」

ユウキの背後で聞き耳を立てていたケールがつぶやく。

「ケールさん、何か知っているのですか？」

「い、いえ。どこにでもあるおとぎ話です。この村にも古くから、山間《やまあい》の底に八つの首を持つ巨大蛇――ヒュドラが封じられているとの物語が伝わっています」

『王宮図書館の資料でも伝説の域を出ないお話ですわね』

マリアネッタの補足からも、信憑性は低い言い伝えのようだ。

しかし現実に、何かしらの魔獣が封じられていて、それを呼び出そうとした者がいる。

「ケールさん、そのおとぎ話では、どのようにして魔獣を封じたのでしょう？」

「一人の勇者がヒュドラに酒を飲ませて眠らせ、首をひとつずつ斬り落としたのだとか。しかし滅することはできませんでしたので、何かしらの術をもって封じた、と伝えられています」

『その辺りは各地の伝承で差がありますわね。八つの首のうちひとつはどうやっても斬れなかったため、七つを斬り落として弱ったところを封印した、などですわ』

「……不死の大蛇か。そしていずれの伝承でも、肝心な封印のやり方が不確かとはな」

ケールもマリアネッタも困った顔になる。

だがルシフェがカラカラと笑う。

「不老はあっても不死などあり得ぬのが世の常識じゃ。そも〝魔〟を冠する獣なんぞ、魔王たるワシに倒せぬ道理ナシ。余裕ヨユウ～」

ユウキもおおむね同意見だった。

ルシフェが倒せるかどうかはさておき、『不死』なる存在がいるとは考えにくい。

火山の町を守っていたイビル・ホークのように、長命ではあっても死なない相手がいてたまるものか。何かしら『弱点』があってしかるべきだ。

ユウキはいまだ気絶している青年を見た。

ライモンは魔獣の力を得ようと画策していた節がある。封印された魔獣の何たるかを知っている可能性は大いにあった。

(とはいえ、あまり期待はできないがな)

なにせ彼自身も生贄認定されたのだ。儀式が途中だったのを考慮しても、彼が魔獣の秘密を正しく得ていたかは期待薄。

それでも、叩き起こして訊き出そうと考えたそのとき。

ズズーンッ!

ひと際大きな地鳴りと共に、建物全体が大きく震えた。

「む? 出てきおったわ」

ルシフェが赤い瞳をギラつかせて舌なめずりする。

魔獣が、封印を解いたのだ――。

*　　　*　　　*

「ふはははは! ようやく出てきおったか偽魔王め。不敬極まるそのそっ首、真なる魔王が跳ね飛ばしてくれるわ！」

ルシフェが喜び勇んで駆け出した。

「だからアレは魔王を自称してはいないと――」

呼び止める間もなくルシフェは部屋を飛び出す。

不死との伝承がある相手だ。彼女一人に任せきりというわけにはいかなかった。

ユウキが後を追おうとしたとき。

くいくい。

「ん？　キューちゃん、どうかしたのか？」

ウサ耳で器用にユウキの服を引っ張るキューちゃんは、「キュキュキュキュ」と何かを訴えている。

「……連れて行け、と？」

「キュキュ」

「しかし激しい戦いになるかもしれない。そこへ君を連れて行くのは……」

キューちゃんは戦闘能力が高くない、と思う。弾力はあるものの防御力に関しても未知数だ。

しかしつぶらな瞳が真摯に見つめてきて、ユウキはふわもこの生物を胸に抱えた。

「私からは離れないようにね」

言って、ユウキは窓の外へ飛び出す。そのまま空を飛べる魔法のマントで空を翔け、ルシフェを追いかけた――。

ライモンや盗賊たちが根城にしていた洞窟へ向かうと。

「ぶわははははっ！　つっかえとる。ものの見事に頭のひとつがつっかえておるわ！」

ルシフェが指を差して笑う先には、洞窟からにょっきり伸びる蛇頭。

赤みがかった茶系の色をしていて、黒っぽい斑紋が浮かんでいる。真っ赤な舌は先端が二又になり、ちろちろと震えていた。

頭だけでも五メートル近い。洞窟を崩して首部分が七、八メートルほど出てきてはいるが、ルシフェの言葉のとおりにつっかえているのか、それ以上は出てこない。

「ぷくく、哀れよのう。これもう楽勝じゃん？　早速そっ首を刎ねさせてもらうかの」

ルシフェがたったか回りこもうとしたところで。

パカッ。大口が開く。

ブフォーッ。凍える息吹が吐き出された。

かちんこちんに凍ったルシフェがぱたりと倒れる。

「油断しすぎだ！」

バリンッ！

ルシフェは氷を砕いて立ち上がった。

「やだ男ユウキったら見てたの？　今のは違うんじゃよ？　わざと。相手の力量をみてやろうと思うてな。うん、嘘。マジ油断してた。ええい、ワシに恥をかかせおって！」

再びたったか回りこみ、ギラリと赤い瞳を光らせたかと思うと。

「真なる魔王の手にかかって死ぬことを誉れとせよ！」

ずびゅんと風の刃を生み出した。

スパッときれいに巨大蛇の首が刎ね落ちる。

「つまらぬ。まるで手応えがないではないか。いやワシが強すぎたのじゃな。ふふふ、完全復活せずともこのとおりよ。見たか男ユウキよ！　惚れてもええんじゃぞ？」

カラカラと笑うルシフェの目の前では、落とされた巨大蛇の首がしゅわしゅわと空気に溶けていき、

「生えた⁉」

斬られたところから巨大な頭が生えてきた。

「不死との伝承があるのだ。そう簡単に倒せるとは思えない」

「おのれ、一度ならず二度までもワシに恥をかかせおって」

ぐぬぬと悔しそうなルシフェは再び巨大蛇の正面に回った。

しかしまたもブフォーッと凍える息吹を浴び、かちんこちんになった。

ユウキは上空から諭すように言う。

「まだ封印が完全に解けてはいないようだ。今のうちに対策を――おいルシフェ、何をしようとし

ている？」

ルシフェは氷を破くと、両手を天に掲げた。

ぼわっと虚空に炎が生まれる。炎は球体を形作り、どんどん大きくなっていった。

王都でも似たようなことをしていたが、そのとき以上の超巨大な火炎球は直径で十メートルを超えた。

「斬ってダメなら跡形もなく消し去ってやるわ！　氷も解かす炎でな！　ワシって頭いい〜♪」

「待て！　そんなことをしたら――」

「滅せよ！」

ユウキの止める声にも構わず、ルシフェは巨大火炎球を撃ち放った。

爆音が大地を揺るがし、突風を呼んだ。

砲弾じみたがれきが飛散するのを、ユウキは闘気を盾にしてやり過ごす。

やがて風がやみ、塵埃が治まると、絶壁が崩れてがれきが小さな山のように積みあがっていた。

ルシフェはその様を満足げに眺め、

「ぱたり」

前のめりに倒れた。

「お、おい。大丈夫か？」

心配になって彼女の傍らに降りる。

ぐぅ～、きゅるるるるぅ……。

「お腹、減ったの……」

「朝からもりもり食べていなかったか？」

「魔力をたくさん使えば腹が減る。当然じゃな」

理屈はわかるが、燃費が悪いようにユウキは感じた。

「ともあれ偽魔王は滅した。ゆえに帰ってご飯をたくさん食べるのじゃ。でも動けんから連れてってほしいな」

「ああ、そうしたくはあるのだがね。残念ながら――」

ボコ、ボココ、と。

山積みになったがれきが胎動する。

「滅するどころか、完全復活をさせてしまったようだ」

ユウキはキューちゃんを片方の腕で抱え、空いた手でルシフェの首根っこをつかんで舞い上がった。

「ワシ、猫の子じゃないんじゃが？」

不満を漏らすも、ルシフェは眼下の異常に目を見開いた。

がれきが弾け飛ぶ。

ユウキは飛散するがれきを避けながら、同じくそこを見据えた。

巨大な蛇の頭は計八つ。

それらが体躯の中ほどでひとつに合わさり、極太の胴体となっていた。


八つ首の超巨大蛇が、その姿を現したのだ。


「なんで死んどらんの？」

「不死との伝承もあるだろうが、首がひとつ出ていただけだったからな。君の魔法で封印の術式が破壊され、全容が現れたのだろうよ」

「むぅ……むむ？」

ルシフェが小首を傾げる。

そちらに注意を向けたユウキに、蛇の頭のひとつが襲いかかってきた。伸びる首、迫る大口。

凍える息吹が吐き出されれば避けきれない。両手もふさがっている。

「はあっ！」

ユウキは闘気を片足にこめ、思いきり蹴り上げた。

爪先から闘気が伸びて刃と化す。巨大蛇の頭がズバッと縦に割れた。

「オマエ、闘気の扱いが独特じゃな」

「今のが何か知っているのか？」

「魔法とは体系の異なる術じゃ。魔力ではなく精神力をこねこねして放出するものじゃが、剣のように扱うのは初めて見たわ」

ただ、これも効いてはいない。

巨大蛇は首から頭にかけてびろーんと二又に分かれたものの、ぐいんと元の位置に戻ると、切断面がぴったりとくっついた。

「ふむ。なるほどのう。アヤツめ、魔ではなく神《しん》なる者じゃったか」

「どういうことだ？」

「要するに神獣よ。ゆえに『神性』を持つ攻撃でなければ傷つけることが難しい」

なんと魔獣だと思っていた巨大蛇は、神の側たる神獣だったらしい。

「神獣……？」

火山を守護する巨怪鳥を思い出す。

「あ、でもワシが完全体じゃったら滅することもできるんじゃからね。今だと攻撃がちょこっと通りにくいだけじゃし。ホントじゃし」

「つまり、私も神性がないから攻撃しても無駄なのか」

自身が神に連なる者だと自惚れてはいないが、この状況では残念でならない。

「そりゃオマエ、どちらかといえばワシの側じゃしな」

「君の、側……？　それはつまり、君も私も魔族とかそんな感じの種族なのか？」

耳の形状が同じであるから、同じ種族かもしれないとの疑念はあった。

今さらのように尋ねてみたものの。

「ワシをあんなちゃっちい種族と一緒にするな！」

なぜだか怒られた。

「では、君はどんな種族なのだ？」

「知らぬ」

えっへんと得意げな顔になったルシフェにイラっとする。

「ま、オマエはワシとも微妙に異なる。ワシこそ唯一無二の魔王であるからな」

彼女から自身の正体は知れない。確信めいた直感に落胆している場合ではなかった。

「おい、呆けておらんと避けんか」

今度は三つの頭が迫ってきた。

吹きかけられる冷気や大口が直接襲ってくるのを掻いくぐり、対応策を考える。

「我らに敵意はない。話し合えないだろうか？」

イビル・ホークは神獣に昇華する前から話ができていたが、八つ首の巨大蛇は何も応えない。

このままでは、いずれ村にも被害が及ぶ。

「さて、どうしたものかな……」

ユウキのつぶやきに、ルシフェが呆れたように言った。

「オマエに神性はないが、アレを倒せんこともない。神性でなければすごーく通じにくいだけで、まったく攻撃が通らんわけではないからの」

たしかに斬ったりはできていた。

「だが倒すには至らない。つまりどうすればいい？」

あまり期待せず尋ねてみると、ルシフェはまたも呆れたように、

「本気を出せばええだけじゃろ」


しれっと言い放った。

「なんでオマエ、本気を出さんのじゃ？　出せん理由でもあるのか？」

本気を出していないと言われれば、そうだと思う。

指摘されるまで無自覚だったが、考えてみればその理由も知れた。

（神性なしであれほどの巨大獣を倒しきるとなると、とてつもない力が必要な気がする……）

辺り一帯が更地になり、村をも巻きこんでしまいかねないとの直感が働いたのだ。

（なんとなくだが、これは自惚れではないと思う）

いまだ思い出せない記憶の奥底から、警告されている気がしてならなかった。

しかし八つ首の魔獣あらため神獣をどうにかしなければならないのも事実。

「問答無用で襲いかかったのは謝ろう。だからどうか、話し合いに応じてほしい」

呼びかけてもやはり、八つ首の巨大蛇は無言を貫く。

このままでは、いずれ村にも被害が及ぶ。

どうすべきか思案していたユウキの腕から、

「キュキュ」

キューちゃんが飛び出した。そして――。

「キュゥ……キュワッチ！」

「キュワッチ？」

今までにないパターンの鳴き声を発すると、ぴかっと白い体が光り輝き、ふわもこな体躯がこれまた今までにない形状に変化したではないか。

光あふれるその形状は、

「白銀の、剣……」


「なんとびっくり！　そしてにっくき。神性宿す『聖剣』ではないか！」

ルシフェの声に、ユウキもまたびっくりする。

しかし剣と化したキューちゃんに大口が迫っていたため、慌てて剣に肉薄し、その柄を握った。

ばぐんと食いついたところをひらりと躱し、上空で白く輝く刀身を見つめる。

「それでワシをちくっとするのはやめてよね。たぶんじゃけど、昔ワシんとこへきた勇者が持っておったモノじゃ。アレ痛かったわー。マジ死ぬかと思ったわー。でも返り討ちにしてやったがの。うわはははっ！」

ルシフェの記憶が曖昧なので言葉の真偽はさておき、光あふれる剣からは背筋が震えるほどの力を感じるのは確かだ。

それでいて体の内がじんわりあたたかくなるような、ぬくもりが感じられた。

（キューちゃん、君はいったい……）

ある者は『神獣のなれの果て』と表現し、人にまで化ける変身能力を持つ生き物。

そして今度は『聖剣』との疑惑が持ち上がった。

その正体に俄然興味が湧く一方、こんな不思議生物を連れ歩いている自分は何者なのか、との疑念がさらに膨らんだ。

とはいえ、今はそれを探る場合ではない。

キシャーッと大口を開ける、いくつもの巨大蛇の頭。

あちこちから冷気が噴き出され、ユウキは空中で螺旋を描き避けまくる。

「目ぇーがぁーまぁーわぁーるぅーっ」

極めて高い反射能力で躱すものの、自身ではなく魔法具を用いた飛行はもどかしさが強かった。

理想とする動きには程遠いのだ。

聖剣での攻撃が通じるのか試したくとも、なかなか近寄らせてくれない。

(……そういえば、この剣を手にしてから冷気の攻撃に終始しているな)

鋭い牙で噛みつこうとはしてこなかった。

(キューちゃんを恐れている?)

神性を宿す聖剣だ、と八つ首の巨大蛇は警戒しているのかもしれない。

警戒している相手に、不慣れな空中では近寄れなかった。

ならば――。

ユウキは山肌に取りついた。風をまといつつ斜面を駆ける。凍える息吹がいくつもユウキへ吹きかけられるも、空中にいたときよりも速く反応できた。

ダンッ、と強く絶壁を蹴る。

音の壁を破り、首のひとつに狙いを定めて剣を振るった。


ズシャッ!


刀身の長さでは鱗を裂くのがやっとだと思えたのに、光り輝く聖剣は見事に太い首を両断した。

ぼとりと長い首が地に落ちる。舌を伸ばして苦しそうにのたうち回る頭部はしかし、さっきのように空気に溶けることはない。

断たれて残った首が慌てて地面に伸びていく。断面を合わせるも、くっつくことはなく。

（石化した？）

地に落ちた頭と首部分が動きを止め、灰色に変じていった。

「うっひょぉ♪　やるではないか男ユウキよ。効いておる。あやつめにオマエの攻撃は効いておるぞ。そしてワシ、目が回って気持ち悪ぃの……うぷっ」

「吐くなよ？」

「う、うむ。しかしのんびりはしておられぬ。いずれ首は再生しよう。というわけで、じゃんじゃかすべての首を落とすがよい。それであやつは死ぬ。きっとな」

正直なところ、そこまでしなくても倒せる気がした。

残った七つの首は取り乱したようにユウキへ冷気を浴びせてくる。

ユウキはときおり山肌から離れ、剣で斬りつけていった。二本、三本と首が落とされる。

「あと何本じゃぁ？　はよう終わってくれぇい……」

八つのうち半分の首を刎ね飛ばした。

目を回すルシフェの体力も残りわずかのようだ。

だが、残る四本すべてを斬り落とす必要はない。

（あれか……）

ほぼ垂直の絶壁を駆けながら観察するに、一本だけ積極的に攻撃しつつも他の首に隠れている様子だと気づいた。

いくつかある八つ首の巨大蛇の伝承の中で、『一本だけ斬り落とせなかった』との話があったのを思い出す。

特殊な一本が存在し、それはおそらく『本体』と呼べるものではないか？

（ならば、アレを斬り落とせば――）

戦いは終わる。魔獣のごとき神獣の『死』をもって。

ユウキはここだとばかりに絶壁を蹴りつけ、風を操り縫うようにして三本の首の隙間を翔け抜けた。

狙いを定めた一本が仰け反り、冷気の塊を撃ち放つ。

「はっ！」

それを闘気で粉砕し、聖剣を握った腕を引き絞った――。

＊　　＊　　＊

本体と思しき首を刎ね落とそうとしたところ。

『ひぃっ⁉』

頓狂な声が聞こえた。

ユウキは剣を振り抜くことなく、巨大蛇を通り過ぎて空中で止まる。振り向き、告げた。

「ようやく言葉を発したな。私の声は聞こえているか？」

巨大蛇も動きを止め、四つの頭の八つの目が一緒になってぱちくりする。

『あれ？　アンタ……ていうかアタシ、何やってたん？』

「封印が解けてのち、君は私たちを攻撃してきた。覚えていないのか？」

『封印……？　あれ？　ホントだ！　封印が解けてる！　アンタがやってくれたの？』

「いや、私ではなく――」

ユウキは事の成り行きを説明する。

『そっかあ、アタシってば寝起き悪くてさあ。いやあ、迷惑かけてごめんねー。てか封印解かれた直後に退治されるとこだったよー。危なかったなあ』

あっはっは、と四つの首が一斉に大口を開ける。

なんとも軽い調子の神獣だ。

『んじゃ、あらためましてご挨拶ね。アタシに名前なんてないけど、前にヒュドラって呼ばれてたから『ヒューちゃん』でよろ♪』

「いや、それでは『キューちゃん』と被ってしまう」

『ガビン！　んじゃ『ドラちゃん』でいいよ』

それはそれで前世知識から警告されたような気がしないでもないが。

「私はユウキ。こっちの剣は変身能力のあるキューちゃんだ。そして目を回してぐったりしているのはルシフェという」

『ルシフェ？　どっかで聞いたような……まあいっか』

ドラちゃんは『よろしくね』と四つの首をぺこりと下げる。

「仕方なかったとはいえ、君の首を四つも斬り落としてしまった。申し訳ない」

『あー……、うん。状況からして殺されても文句言えない感じだし、仕方ないよね！』

四つの首は一斉に笑うも、ぴたり。

『でもこれ、どうしようかな……』

地に落ちて石と化した首を見下ろし、どんよりとする。

「神性を宿す剣で斬ってしまったから、復元はしないのだろうか？」

申し訳なく思いユウキが尋ねると、ドラちゃんはカラカラと笑った。

『ダイジョブダイジョブゥ！　ここって地脈の質がいいし、二百年も寝れば元に戻るよ』

すさまじく長く感じたが、長命なる神獣には気にするほどでもないのかもしれない。

話した限り、他者を理由なく攻撃する性格ではない。

傷を治すために二百年は眠りにつくとも言った。

「君の眠りを妨げないよう、村の人たちや国のトップにも掛け合おう。それでいいかな？」

『うん、そうしてくれると助かるかな。アタシ、基本は人好きだからねー』

ドラちゃんは『んじゃ、お休みー』と軽く言い、ズゴゴゴォーっと地面の中へ沈んでいった。

最後は大穴に蓋をして、すっかり姿が見えなくなる。石化した四つの首はそのままに――。


村に戻り、村長たちに事情を話す。

封印ではなくただ眠りについただけと聞かされ困惑していたが、相手が『神獣』である以上はむしろ祠を建てて祀るべきだとの結論に至った。

続けて手鏡を取り出し、マリーを呼び出す。

彼女もたいそう驚いてはいたが、

『ユウキ様がおっしゃるのであれば、国としても眠りを妨げないよう父王様にはお伝えしますわ』

こちらも問題はなさそうだ。

となれば残るは――。

「はむっ、もぐもぐもぐもぐ、ごっくん……ぷはぁ！」

食事をもりもり消し去っている自称魔王様だ。

「ルシフェ、君はこれからどうするのだ？　まだ女のユ――」

「おお、男ユウキよ。よくぞ聞いてくれた！　もぐもぐもぐ……」

ごっくんと口の中を空にして、料理を運んできた女性——今回、生贄になりかけたマドレーを指差した。

「こやつめ、ワシをここで雇ってくれるそうじゃ。なかなか殊勝な女子《おなご》よな、うわははははっ！」

「いえその、私ではなくテオドワさんが……」

「細かいことはよいのじゃ。ともあれ——」

ルシフェは目をらんらんと輝かせて言った。

「ここで資金をたんまり稼げば、万事憂いなくにっくき女ユウキを追えるというもの。あやつめに会ったら首を洗っておけと伝えるがよいぞ」

「……まあその、なんだ」

いい加減、誤解を解きたいところだが、一筋縄ではいかないだろう。

「問答無用で襲いかかるのではなく、話し合いで解決してほしいところだな」

「ふはははは、なにヌルイことを言っておる？ 恥辱、すすぐ。仇、討つ。魔王として当然のことじゃろうて」

「なにかのっぴきならない事情があったのかもしれないぞ？ 君が眠っていたのを知らなかった可能性も十分にある」

食い下がってみた。

「むぅ、言われてみれば偶発的な事態が重なったのやもしれぬな」

意外にも理解を示した。

「じゃがとりあえず一発ぶちかますくらいはしてもよいじゃろ。話はそれからよ」

でもダメだったっぽい。

（まあ、一発我慢すれば、なんとか……）

なってほしいなあ、と淡い期待を寄せつつ、

「では、私は行く。君も達者でな」

「うむ。オマエもなー」

こうしてユウキは再び旅立った。

自身の秘密を探るべく、魔法国家フォルセアへ向けて。

「キュキュキュ」

白いふわもこな不思議生物、キューちゃんと共に――。

おまけ短編　謎生物、その名はキューちゃん

自分は何者なのか？

前世の記憶を思い出した代わりかどうか知らないが、ユウキは今の記憶をすっかり忘れてしまっていた。それ以前にも一度記憶が失われたらしいがそれはそれとして、ユウキは自らの正体を探る旅――自分探しの旅に出た。

自身の謎を紐解く手掛かりと言えば、『ユウキ』という名と古ぼけたトランクがひとつだけ。あと寝て起きたら性別が入れ替わるという奇妙奇天烈な特異体質。

いや、さらにもうひとつ、極めて重要な存在がすぐそばにいた――。


火口の町ムスベルの住人はみな、大昔に神の怒りに触れて呪いをかけられ、閉ざされた場所での生活を強いられていた。

彼らの呪いを解いてのち、それはもう盛大にもてなされたわけだが。

「そちらの……キューちゃんだったか、何を食べるのかな？」

見かけは人と違おうとも、町の者たちにとっては救世主のお供である。彼女（？）にもご馳走を

振る舞いたい、との申し出だった。

しかし、ここでユウキは首をひねる。

記憶を失くして山を登り、なんやかやあって夜になったこのときまで、キューちゃんは食べ物どころか飲み物も口にしていなかった。

ユウキは手持ちの水や干し肉以外に、町の人たちから差し入れをいただいていたのだが、キューちゃんはその都度、首（というか体全体）を横に振って固辞していた。

日に何度も食事を取らなくても大丈夫なタイプの生物なのかな、とそのときは納得したのだが、やはり水分すら取らないのは問題があるように感じる。

「せっかくだから、リクエストしてみたらどうかな？」

言葉は発せないものの意思疎通はある程度できる。ユウキが尋ねるも、

「キュキュキュ」

ふるふると首（というか体全体）を横に振るふわもこ。

「でも、そろそろお腹が空いたころじゃ？」

「キュキュキュ」ふるふる。

「じゃあ、明日の朝に何かお願いしようか」

「キュキュキュ」ふるふる。

「せめて飲み物を――」

「キュキュキュ」ふるふる。

「いや、さすがに何も口にしないのは…………まさか、食事は必要ない、なんてことは――」

「キュキュ」

仰け反るように上を向き、大きく下へとうなずくキューちゃん。

（もしかしたら、大気に渦巻く魔力的な何かをエネルギーに変換するタイプなのかもな）

ここは異世界。そんな生物もいるような気がしなくもない。

このときはそう思っていたのだが――。


ユウキは女の子の姿だと様々な魔法を操ることができ、魔力の探知にも優れている。

その際キューちゃんに出入りする魔力があるかを注意深く観察してみたところ。

（まったく出入りする魔力を感じないのだが？）

キューちゃん自身に魔力はある。どうにもつかみづらい、なんだかふわふわした感じの異質な魔力ではあるが、あるにはあった。

が、それは外に出ることも、外の魔力を中に取り入れて増やすこともない。

やはり通常の生物同様、経口摂取によるエネルギー確保なのだろうか？　食べる姿を見られるのが嫌で、こっそり食べたり飲んだりしているのでは？

だが待てよ、とユウキはキューちゃんを抱えてじっと見る。

「キュ？」

「……君、口はどこにあるのかな？」

「キュキュ？」

きょとんと目だけで訴えるキューちゃんから、何かをごまかすだとか惚けるだとかの感じはしなかった。

（そういえば……）

ユウキはキューちゃんの顔（というか体）の前に自分の耳を近づけた。ふわふわな白い毛が耳をくすぐるほどに接近し、

「キューちゃん」

「キュキュ？」

その声の出所を探ってみた。

「もう一度、声を出してくれないか」

「キュー？」

ユウキは静かに耳を離し、にっこりと笑って「ありがとう」と告げる。

（いやいやいや、どこから声が出ているんだ？　というか呼吸、しているのかコレ？）

声は体全体から響いてくるような、この形のスピーカーから音が出ているような感覚だ。

そして注意深く聞いてはみたものの、呼吸音がまったく聞こえなかった。

別の日、寝袋形態になったキューちゃんに包まれる中でも、彼女（?）の呼吸音はもちろん、生命活動をしていると確信できる一切の音がしていなかった。

謎は深まるばかりだ。


いったん保留（していいのかは不明だが先へ進めないので仕方なく）して、キューちゃんの特殊能力に注目する。

変身能力である。

あまりあれこれ指示して変身させるのは心苦しい。特殊な能力を使うのだから、魔力とか体力とか何かしらを使うに違いないのだ。

なので現状を整理してみる。


その一、大きくなったり小さくなったりできる。

見た目は白いふわもこでうさ耳な感じそのままで、ユウキの膝丈ほどから二メートルを超えるほどに膨らむのを確認している。

どの範囲で可能かをキューちゃんに尋ねたところ、

「えっ？　ここからあちらの木までの幅に？」

「キュキュ」

草原の只中に、ぽつんと佇む一本の樹木。そこまでは目視で五十メートルほどある。

が、それは『やったことがある』ものであり、それ以上は『試していない』らしい。

「もしかして、もっと小さくもなれる？」

下限は今の通常形態だと思っていたが、そんな疑問が浮かんで口に出た。

「キュキュゥ……キュゥ！」

ぽん、と（実際に音が出たわけでないがそんな感じで）キューちゃんが瞬く間に縮んだ。手のひらサイズだ。

（……宿に泊まるときはこのサイズにしておけばよかったのかな？）

そんな風に考えるユウキだった。


その二、形状パターンがわりと豊富。

ふわもこでウサ耳な感じを残しつつ、桶状になったり寝袋みたいになったり。大きさも含め、わりと自由度は高いらしい。

ただ自由度の高さが保証されるのは、キューちゃんがキューちゃんであるとギリギリ認識できる状態を保っているのが条件のようだ。

というわけでその三、人型はえっちなバニー以外にはなれない。

「キュキュキュゥ♪」

にっこにこの白い髪のお姉さん。白くセクシーなバニーガール風衣装を身にまとっている彼女こそ、キューちゃん（人型形態）である。

「そういえばその服って、脱げるのかな？」

上に羽織らせたことはあるが、人型に変身するときは必ずこの衣装だ。もしかしたら体毛の延長状がこの衣装なのかもしれない。

ぺろん。

「ぶほっ!?」

キューちゃん、なんの躊躇いもなく胸部分を下にめくって大きなおっぱいを露わにする。

「今は脱がなくていいから！」

ドキドキしつつ手で制す。

しかし服が着脱できるなら、今後は服を用意して着替えさせればいい。

さほど大きくもない問題がひとつ片付いたものの、

「さすがにコレは外せないか」

そこそこ目立つ、ウサ耳はやっぱり外せませんでした。

その四、実は聖剣疑惑。

神獣の成れの果て、と。その神獣へと昇華した巨鳥は言った。

一方でキューちゃんが白銀の剣にも変身することができて、その形態を差して『神聖を宿す聖剣』だと自称魔王は言った。かつて勇者が持っていたそうな。

まさか生物でない疑惑が持ち上がるとは。

ただ正直なところ、自称魔王の曖昧な記憶を信じてよいかは甚《はなは》だ疑問だ。

しかし神聖を宿しているのは、神獣ヒュドラをすぱすぱ斬って再生させなかったその性能が証明している。となるとキューちゃんは正真正銘の聖剣であり、その所有者である自分は――。


てくてくと街道を歩く。

ユウキの前を、白いウサ耳がぴこぴこ揺れていた。

(聖剣、か……)

その所有者は勇者だという。

かつて自称魔王を襲った彼あるいは彼女はしかし、ルシフェの話しぶりから自分ではないと思われる。ルシフェは魔力探知的な感覚に優れていて、もし自分が勇者だったなら彼女が気づくに違いないのだ。

（とはいえ、別の可能性もあるのだよな）

かつての勇者ではないにしても、その資格を受け継いだ可能性だ。

聖剣が勇者の証であったなら、それを連れ歩いているとはすなわち、今の勇者が自分である。

「いやいや、さすがにそれは……」

ない、と言い切れるだろうか？

男の子の姿では神獣とも戦える戦闘力を有している。

女の子の姿では火山の噴火をも抑え、町を丸ごと覆いつくす巨大結界まで張れる魔法力を持つ。

それぞれできることとできないことが真逆であるアンバランスさはあるものの、アニメやゲームに登場する『勇者』像にも近いと感じていた。

ただ、自分がそうだと言われると、やはり違和感しかない。

「キュゥ？」

キューちゃんが歩きながら振り返り、ころんとひっくり返った。

特に痛そうではなかったが、慌ててユウキはキューちゃんを拾い上げる。

「ま、なんであろうと君は君、私は私だ」

「キュ？」

ウサ耳をぴこぴこさせるキューちゃんを抱え、飛び上がる。

目指す先は魔法の国。
次はどんな人たちと出会えるだろうかと心躍らせる。
不意に、別の可能性が頭をよぎった。
それはある意味、勇者の上位存在ともいうべきものだ。
(それこそ『まさか』、だな)
キューちゃんをぎゅっと抱き寄せ、風を正面に受けてビュンビュン飛ばす。
ユウキの頭をよぎった可能性、それは――。

――聖剣を勇者に授ける、その役割だ。

あとがき

澄守彩です。またの名を『すみもりさい』です。

ＵＧｎｏｖｅｌｓさまでは二シリーズ目。

『ドラゴンに三度轢かれた俺の転生職人ライフ〜慰謝料《スキル》でチート＆ハーレム〜』という作品が三巻まで発売中ですのでそちらもよろしくどうぞです！


さて本作ですが。

とある社畜さんが異世界に転生してオモシロ体質のお子様状態で前世の記憶を取り戻したのはいいけれど、今の記憶をさっぱり忘れていたので自分探しの旅をするお話です。

しかも前世を思い出す前にも記憶喪失になっていたらしく、これまでの足取りをたどっても謎だらけ。さらに自称〝魔王〟な女の子に追いかけまわされさあ大変——でもない。

要するに、異世界をのんびり旅して楽しもう、というコンセプトで描かれております。

旅。いいですよね。

昨今はお気軽にあちこちお出かけできない感じですが、現実では行くことできない異世界の旅をお楽しみいただければ。

ここらで謝辞をば。

イラスト担当の黒兎さん。キャラクターを生き生きと描いてくださいましてありがとうございます！　命が吹き込まれたと言っても過言ではない、それほど素晴らしい子たちです。

UGnovels編集部の皆さま、担当編集さん。いろいろとご助言いただき、誠にありがとうございます。今度ともよろしくどうぞ！

最後に、読者の皆さまへ心からの感謝を。本作でひとときの安らぎを得られましたら幸いです。

澄守　彩

最強等級「終止符級」の実力の持ち主ながら、等級試験で最底辺の「空白級」に認定されたことで自らの強さを知らぬままボロアパート「イナリ荘」大家の仕事を引き継ぐことになった主人公・オルゴ。しかし、実はイナリ荘は世界を滅亡させるほどのモンスターが無限リポップする〝ラスボス手前の超危険地帯〟だった!! まるで蛾でも殺すかのようにラスボス級モンスターを退治するオルゴ。そう、これは自らの強さに無自覚な最強大家さんが可愛い住人たちとのスローライフを楽しみながら世界を滅亡の危機から救う物語である。

UG018

ラスボス手前のイナリ荘
~最強大家さん付いて☑~

著：猿渡かざみ　イラスト：カット

本体 1200 円+税　ISBN 978-4-8155-6017-1

「みな、聞け。俺は畑を耕すぞ」六大竜王の一人である闇の竜王がこの平和な世界で目指すは〝スローライフ〟。傍若無人で人情味にあふれ、部下想いで、仕事にはメチャクチャ厳しく、何よりもご近所づきあいを大切にする竜王と、強引に巻き込まれたご近所さん（姉妹）＆元部下たち（実質無職）の人智を超えたハートフルなスローライフ、スタート。

UG007

闇の竜王、スローライフをする。

著：稲荷竜　イラスト：ねづみどし

本体 1200 円＋税　ISBN 978-4-8155-6007-2

異世界から現実世界まで!!
コミックス
毎週金曜日更新!
NEW OPEN
ナナイロコミックス公式サイト
新作マンガが続々登場!!
https://7irocomics.jp/